甲斐庄楠音《幻覚》　大正九年頃　京都国立近代美術館蔵

でえれえ、やっちもねえ

岩井志麻子

角川ホラー文庫
22717

目次

穴掘酒

「前略。時候の挨拶《あいさつ》は、これからも省略させていただきとうございます。私はある時期から季節が止まり、今もって一つだけの季節を生きているようなものだからです。

貴方《あなた》もよくご存じのように、私は長らく身も心も厳しい監視下に置かれ、手紙にすら様々な制限を設けられていました。

その癖が今もって抜けず、制限がなくなってからも一枚の便箋《びんせん》に沢山の事を書き、投函《とうかん》も週に一度を守りたいのです。すべてが自由とは、逆に怖いことでございます。

いずれにしても、この手紙を目にした貴方はさぞ驚いたことでしょう。もしや、恐ろしさも感じられましたか。私には、そのようなつもりはないとしても。

さて、封筒の裏にある私の住処《すみか》は、岡山刑務所ではなくなっているでしょう。そして便箋にも、検閲済みの判子がないでしょう。

ええ、私はあなたの近くに戻ってきているのですよ。

何から書こうか煩悶《はんもん》しながらも、頭を冷やします。順序立てて、書きましょう。貴方と初めて会ったのは、私が内山下《うちさんげ》のカフェー・パリーの女給をしているときでした。

新しき時代、大正の岡山市で最もモダンな景色の一つと称《たた》えられた、あの夢のような場所。白く輝く真昼の建物も美しかったけれど、瓦斯《ガス》の灯に揺れる仄暗《ほのぐら》い佇《たたず》まいもまた異国を想わせ、私はよく、この華やぐ夜が永遠に続けばいいのにと願ったものでした。

あの頃はまだ、真に夜の怖さと闇の深さを知らなかったものですから。

とうに過ぎさった明治の御代《みよ》、私は岡山市の片隅の借家にいました。働かない父と臥《ふ》せりがちな母、そして歳の離れた姉。そんな一家が、四畳半一間に寄り添っておりました。

姉は幼少の頃から妙に艶《つや》っぽく、早くから酌婦や妾《めかけ》稼業で家計を助けてくれました。けれど私は姉のようにはなりたくないと、姉の恩恵に与《あずか》りながらも嘆息しておりました。

親も、下の娘には堅気の生き方をさせるつもりでいました。というより、姉の金で私を良家の令嬢に仕立て上げ、妾ではなく奥様にしたいと企《たくら》んでいたのです。私は姉が身を削って得たお金で女学校に通い、一通りの習い事もさせてもらえました。

姉妹でそんな差をつけられても、姉は文句も恨み言もいいませんでした。それどころか妾稼業は天職じゃ、色恋を金に換えるのは楽しゅうてならんと笑い飛ばしていたのです。

　それが本心だったのか、心身ともにすり減らしていった自棄《やけ》の戯言《ざれごと》だったのか、いずれにせよ姉は肺の病に罹《かか》り、あっという間に身罷《みまか》ってしまいました。

　たちまち困窮した私どもには、この選択しかありませんでした。私が姉の跡目を継ぐことです。姉を囲っていたこともある金持ちの老人が最初の男となり、私は世を儚《はかな》みもしましたが、空腹や寒さの方が切実でした。

　さて。明治天皇陛下の御崩御の際、歌舞音曲は禁じられ、服装を華美にすることも憚《はばか》られ、釣りや蟬捕りといった殺生も慎み、夜遊びだけでなく真昼の遊泳なども見咎《みとが》められ、子どもの路上の遊びすら止められておりましたけれど。

　囚人の服役も特免され、死刑の執行も停止されましたね。そのときの私は、人集まりする場所へ行けないことは仕方ないと素直に従いましたが、後者の方はただただ恐ろしかった。まさか自分が次の時代に、その恩赦、恩恵に与れるとは想像だにしませんでした。

　新しい時代、大正時代に入って、まだ一年も経たぬ初夏。街には夏帽子が行き交い、氷屋の紅《あか》い提灯《ちょうちん》が夏の花とともに揺れ、前髪を七三に分けた女優髷《まげ》が流行《はや》りましたね。

私はなんとか自立した女になろうと決め、流行のカフェーの女給になったのです。貴方はまだ角帽の学生さんで、岡山市役場勤めのお兄様に連れられてきたのでした。あの頃の私は、女優髷に糊付《のりづ》け堅き白エプロンでひらひらとハイカラな店内を廻《まわ》っておりましたが、実際はまだまだ素朴な田舎娘でした。貴方はよく、わかっていましたね。

さて、娑婆《しゃば》に戻ってきての初めての貴方への手紙は、ここらでいったん筆を置きましょう。今もって、枚数制限を気にしてしまう癖が抜けません。

貴方への変わらぬ思いを主に綴《つづ》ろうとしましたが、そうすると心がカフェー・パリーの建物のように白く落ち着くのではなく、瓦斯灯の炎のように燃えてきて、私は私を宥《なだ》めなければなりません。

瓦斯灯の炎が映す白い壁の影は、悪霊。否、恋する女。これは私の影ではなく、別の女の影。その辺りのことは、次に書きましょう。絶対に、続けて読んでくださいまし。草々」

※

「前の手紙を投函してから、ちょうど一週間。暦の上では春でも、肌に感じる風も私の心に吹く風も、真冬にあるようです。なのにどこかで、今は酷暑とも感じてしまう。

　だから時候の挨拶は省きたいと前の手紙に書いたのに、私もいろいろ頑《かたく》なようで揺れ動いております。変わらないのは、貴方と交わした約束だけ、としておきましょう。

　私はもう、岡山監獄は思い出したくもありませんが、そこに囚《とら》われることとなった事件と経緯、貴方との出会いと目くるめく日々は、執拗《しつよう》に手繰り寄せては開き直し、また閉じ、またこじ開け、それで一日が終わります。

　貴方が初めて見たカフェー・パリーの私は、精一杯の背伸びをしていましたが、年《とし》増《ま》の朋輩《ほうばい》や客に笑い物にされてばかりの味噌《みそ》っ滓《かす》。

『まだ嫁に行かんのか。あんたは白いエプロンに珈琲《コーヒー》じゃなしに、縞柄《しまがら》の前掛けでおさんどんしとるほうが似合《にお》うとるで』

　岡山弁で商家の御隠居達に、本人達にとっては親身な真っ当な説教をされるより、

『女給になる前は、何してたの。女学生が、卒業してカフェーに就職はなかろうに』

　東京の大学や会社に行ったのが自慢の紳士方に、好色な目で揶揄《からか》われる方が嫌でした。

　あの頃の私は一通りの泥水は啜《すす》っていても、身も心もまだまだ世間知らずの田舎娘。

他の垢《あかぬ》抜けた強《したた》かな姐《ねえ》さん達を真似ても、ぎこちないばかり。

それでもカフェーは、菓子と珈琲で十銭。分限者には端金《はしたがね》でも、私の給金は十円。

学校を出た男子の給金が当時は十二円ですから、なかなかの高給取りではあったのです。

賤業といった目で見る人も多いけれど、見目麗しい若い女でなければ務まらないとも羨望《せんぼう》され、私は昂《たかぶ》りと卑下の狭間《はざま》を揺れておりました。

新しい時代、大正の「新しい女」「覚めたる女」にならなければならぬと焦り昂りながらも、良き妻で賢き母となり、女の正しき人生を全うする思いも捨てきれず、ありました。さらに、西洋の活動写真のような華やかな恋愛も夢見ていました。

そんなとき、貴方に出会ったのです。その日から、私にとって貴方が人生の総《すべ》て、この世の総てになりました。それは、今も変わりありません。これからも、ずっと。

覚めたる女どころか、恐ろしい鬼女として囚われ、岡山の女監獄で勤めあげ、再び岡山市の街に戻ってこられたとき、大正時代は終わっていました。

さらに新しい昭和時代を迎え、私が戻った世界は昭和二年となっておりました。

大正天皇陛下の御崩御は、耶蘇《やそ》の神様の生誕日。十二月の二十五日であったため、昭和元年は七日間しかありませんでしたね。慌ただしく、あれよあれよという間に過ぎ去った夢のような昭和元年も、私には刹那《せつな》であり永遠でした。

囚われている間に、時代が変わっていたのです。私の輝かしき大正時代は、わずか一年ほどでした。本来なら、女盛りを過ごせた時代。エログロナンセンスの、拓《ひら》けた時代。獄中も時間は平等に流れていましたが、あそこは時が止まっているともいえます。大正時代は短かったといわれると、切ない。天皇陛下の御崩御も哀しいけれど、短い御代だったといわれることは、この私にとっても泣きたくなることです。

私は華やぐ大正時代を、ごっそり失いました。女の花の盛りを、監獄に捧《ささ》げました。誰が私に、煌《きら》めいていた大正時代を弁償してくれるのでしょうか。

それでも私は大正天皇陛下の御恩赦で、こちらに戻ってこられました。カフェー・パリーはまだあったけれど、すでに私は年増となり、女給に雇ってもらえはしません。

もし私がもっと早くに出て来られていても、大正の岡山を彩る白亜の洒落《しゃれ》た店が、恐ろしい殺人鬼など再び雇い入れはしないでしょう。

もちろん、貴方《あなた》のせいだ、貴方のために、貴方がいたから、というふうに、すべてを貴方に押し付けようとはいたしません。世間は、そう見ているようですけれどね。私が手にかけた、かの女。きっと私より貴方を恨みながら、死んでいったでしょう。出てきますでしょうか、かの女の幽霊は。私は、今もたまに見ますよ。もしかしたらそれは、姉かもしれませんが。

幽霊はさておき。私は、あくまでも私のためにやりました。私の中の、貴方を守るため。

私の物である貴方を、盗《と》られないため。私の愛する貴方を、もっともっと私の物にするために。ですから貴方は絶対に、私から逃れられないのですよ。」

※

「私にはもはや季節がない、時が止まっていると書きましたが、外が春めいてきているのは知っています。往来から吹き込む砂埃《すなぼこり》にも、花弁が交ざっていますね。

貴方が手紙の御返事をくれないことを嘆けば、まだ手はかじかみます。本当に春めいているのかと、障子が俄《にわ》かに鉄格子に変わる夢も見ます。

さて、岡山の女監獄にいる間も貴方には何通もの手紙を書き、看守に託しました。

看守は手紙を捨てたりしません。私を待つ親元には、ちゃんと手紙は届いておりました。


　同房の女達からも、虐《いじ》められたりはしませんでした。なんといっても私の罪は、事件というより怪談でもありましたから、皆さぞ怖かったことでしょう。私がそれに相応《ふさわ》しくない、しおらしい見た目と態度だったことが、余計に。

　それでも毎夜、私は枕を涙で濡《ぬ》らしておりました。後悔ではなく、貴方恋しさに。

貴方は御返事を、一度もくれませんでしたね。勿論《もちろん》のこと、面会など貴方が来られるはずがありません。それを恨んではおりません。本当です。私は毎夜、魂だけ抜け出して貴方の近くを彷徨《さまよ》っていましたが、わかりましたか。聞こえましたか、女の泣き声が。かの女の泣き声と、混ざっていたかもしれません。

さて貴方は事件の後、いったん親元を出てどこかに身を隠していたそうですね。面会に来た親に聞きました。けれど私は貴方の御実家の住所も、暗記していたのです。

今だって、行こうと思えば行けますよ。まだ、行きませんけどね。

きっと、貴方は私からの手紙を読んでいないのです。監獄から出した手紙も、今、岡山の郵便局から出している手紙も。ともに、読みたくても読めないのです。もしや、私が手紙の一つもくれないと嘆いておられませんか。それも考えました。思い詰めました。

今はわかります。貴方の手元に届く前に隠され、もしかしたら捨てられてしまっていた。

私にはいつもいつも、貴方との仲を邪魔をする者が現れます。

ただ、宛先不明、受け取り拒否で監獄まで私の手紙が戻ってきたことはありません。だから、貴方の御実家に届いてはいるのです。御家族の方が先に、郵便受けから抜いているのでしょう。残念ではありますが、御家族の気持ちもわかります。

　貴方が私の手紙を読めたなら、きっと長い返事を書いてくれたでしょうし、面会に飛んできたことでしょう。私は、そう信じます。

　でもそうなると、静かに暮らしたい、世間から忘れ去られたい御家族としては困りますものね。私はただ、手紙を読んで欲しかっただけだとしても。

岡山監獄の判子が押された封筒を受け取るたび、そしてこっそり開封して読むたび、御家族の方はどんな気持ちになったか、それも想像はつきます。

とはいえ、監獄からの手紙には検閲が入りますから、あんまりな核心を突く話、当局にとって不都合な記述は消されるか、書き直しをさせられるのですよ。

発信と枚数の制限もありますから、毎日大量の手紙を送る、ということもできません。

　だからあなたへの手紙も、罪を償っています、大変に後悔と反省をしています、みたいな無難なことしか書いていませんでした。もっといえば、嘘八百ですね。

　恨み事も、真実も、そこには一言もありませんでした。手紙から、血が流れることも涙が滲《にじ》むこともなかったでしょう。

　それでも貴方の御家族は、きっぱり受け取り拒否をしたり、もう手紙を寄越すなといった手紙を私に送ったりするのも躊躇《ためら》われたのでしょう。

逆恨みされたら困る、出所後にお礼参りなどされたら怖い、と怯《おび》えたのでしょうね。

それもまた、無理もありません。

自分のやったことを思い出せば、怖がられるのが当然です。よくあんなことができたなと、振り返ってみれば自分でも戦慄《せんりつ》します。

あのときの私は、地獄の鬼でした。けれどかの女だって、地獄の鬼に責め苛《さいな》まれても仕方のない罪深き亡者でした。今もかの女は、地獄の業火に焼かれているのか。それともけろりとして、春の花や鳥に生まれ変わっているのか。

姉は、どうでしょう。姉は地獄にも堕《お》ちず虫や獣にも生まれ変わらず、今もって現世をふらりふらりと彷徨っているようです。日に日に、鏡に映る私は亡き姉に似てきています。かの女に似て来るよりは、ましなことです。」

※

「時候の挨拶《あいさつ》は書かないと決めておりましたが、あまりにも春の盛りであることは家に閉じこもっていても、狂おしいほどわかります。

私が恐ろしい殺人鬼、長い懲役を勤めあげた元囚人であることは、今の近所周りの人達は知りませんし、親戚《しんせき》はいうまでもなくあの頃の知り合いはすべて絶縁していますので、ひっそりと生きていけますが、私もまだまだ、女であります。世間からはただの年増《としま》でも、大正時代をごっそりと失った身としては、今も自分は娘さんと呼ばれる年頃で、カフェー・パリーの可愛い女給なのではと錯覚するときもあるのです。

おかしな女と思われるでしょうか。いえいえ、それは外が春の盛りだから、としておきましょう。

ともあれ私はもう罪を償って、娑婆《しゃば》に戻ってきました。娑婆といういい方も如何《いかが》なものかですが、ずっと口癖のように娑婆に戻りたいといっていたので、すっかり染みついてしまっているようです。

そんな私は今、ただ一人の身内となった母と、ひっそり生きております。それまで住んでいた借家には戻れず、身元を偽ってさらに小さな部屋に移りました。

さる農家の離れですが、元は牛小屋だったといいます。やや、臭いが残っています。時折、いないはずの牛の鳴き声が聞こえるときもあります。たまに、大きな影も映ります。

もしやそれは未来を予見できる、件《くだん》かもしれません。人と牛の混ざった妖怪《ようかい》は、不吉な予言をした後に死んでしまうとか。哀しい、物の怪《け》。

何も朝から晩まで、ずっと貴方を思って手紙を書いているわけではありません。母も老齢、女一人で生きていくため、髪結いの修業をしようかとも今は考えております。

これも女給のように白い前掛けをしていますが、煙草に火をつける燐寸《マッチ》ではなく、ホルマリンの瓶を持つ女。カタカタと下駄《げた》を鳴らして寒い町を駆けていく、老いてしまった自分が見えるようです。

最近は、髪結いも減ってきていますか。私も長らく獄中にいましたから、まだまだ娑婆に慣れていないのです。女給の頃は、自分が娑婆などという言葉を使う日が来るとは夢想だにしませんでした。

さすがに出所して何か月かすれば、この年頃の普通の女性としての、ごく普通の知識や暮らし方もそこそこ身についてきています。幼児《おさなご》に昭和から取った昭子《あきこ》や和子《かずこ》、昭夫《あきお》に和夫《かずお》が増えていることも、めでたいことです。

岡山駅の歩廊を駆ける売り子の洋装、滅びゆく人力車、それに変わりつつある乗合自動車。唯一だったカフェーが、百軒を超えていたのも胸を突かれました。

けれどけれど私は、何よりも貴方《あなた》に手紙を書きたいのです。獄中でも、貴方に手紙を書くことがただ一つの生き甲斐《がい》でした。

やっぱりやっぱり、今もって御返事はもらえなくても、いつか読んでもらえる、いつか返事をもらえる、そう期待することで生き永らえることもできたのです。

あの頃と違って、枚数や回数の制限はありません。検閲もありません。だから、本来は真っ黒に塗りつぶされてしまうことや、何度も書き直しをさせられてしまうことも書いてみたいと企《たくら》んでいます。わくわくしますね。貴方も、私も。

　でも、今回もここまでにしておきますね。貴方の現住所はわかりませんから、監獄にいたときと同じく、御実家に送ってみるのです。

　封筒の裏には、私の現住所をしっかりと大きく書いておきます。滲んでいれば、それは春の雨ではなく、私の涙。件の涎《よだれ》でもありませんよ。

　貴方の御両親が住む御実家もまた引っ越していたら、転送してもらえるかもしれませんが、宛先不明で戻ってくることもあるでしょう。

　そのときはまた、考えます。私はあきらめません。私の心を込めた手紙は、きっと貴方に届きます。きっと読んでもらえます。きっと貴方の心を打ちます。きっと貴方は、私に返事を書きたくなります。

　そうして、次の手紙を心待ちにするようになるでしょう。とても怖いことも、書くつもりですから。怖いことって、ときめくことでもありますよね。実は私、件にいろんなことをすでに教えてもらっているのです。今回は、冗談で締めくくりましょう。」

※

「岡山の女監獄を出所後、貴方に初めて手紙を送ってから、ひと月が経ちました。春酣《たけなわ》といった、甘美にして狂騒の風情。

今、私が老母とひっそり隠れるように暮らす貧しい三畳間にも、可憐《かれん》な花と嫌な虫が入り込んできます。いえ、私は花を拾い虫を潰《つぶ》し、落ち着いております。

ここは元は牛小屋だったと、前の手紙に書きましたね。姿ははっきりしないまでも、件と呼ばれる牛の妖怪がいて、私に時折そっと不吉な予言を囁《ささや》いてくれることも。

だいたい予想しておりましたが、貴方からの御返事は未《いま》だありません。けれど宛先不明で戻ってきてもいないので、手紙はやっぱり貴方の許《もと》に、正確には貴方の御実家に届いてはいる、としてよろしいのですね。

こんなことをいうと、ちょっと怖がられそうですが。実は何日か前にこっそり、貴方の御実家を見にも行きました。私はもう、囚《とら》われの身ではありませんから。

電車通りにも近く、商店街もすぐそこ、瓦《かわら》屋根に白壁の立派なお家《うち》。大正の二年に見てから昭和二年に改めて見るまで、十四年が過ぎていたわけですが、記憶の中のそれとまるで変わりありませんでした。

私がごっそり失った大正時代を、何食わぬ風にやり過ごしたお家。外観だけは何ら変わりなく。きっと貴方と御家族も、体裁だけは整えたままでしょうね。

お父様は銀行にお勤めで、お兄様は役場勤め。お母様も元は高等小学校の教員。お堅くも富裕な御家庭で。お兄様の奥様は、大きな写真館の御令嬢だそうで。

よく知っているでしょう。新聞に載っていたのですよ。親が事件を報じた新聞をすべて、とってありましたから。世間は貴方にも、興味津々だったようですね。あんなことがなくとも私など、そんな名家に次男の奥様として入れてもらえはしませんでしたね。私は貴方が家を捨てて駆け落ちをしてくれるか、私の家の入り婿になってくれるかと、一人で真剣に悩んでいました。悩みつつ、貴方を信じ切っておりました。

カフェー・パリーの客や同朋《どうほう》にも、貴方と私の仲を知る者は多く、貴方が騙《だま》されている、という一派と、私が騙されている、という一派に分かれていました。どちらかが悪党でなければ成り立たない関係と見られていたのですね。それはそうでしょうよ。繰り返しますが、私が本物の悪党になった過去があるとしても、今は罪を償って自由の身ですもの。どこにだって、許可なしで行けますよ。

表札は変わっていなかったので、親御さんはそのまま家にいらっしゃる。どこかに引っ越してはいないようですね。そこからいなくなったのは、貴方だけですか。もちろん、敷地内に入り込んだり呼び鈴を押したり窓から覗《のぞ》きこんだり、そんなことは断じていたしておりません。ただお家の前の路地に立ち、家を見上げてきただけです。これは、罪には問われないはずです。

部屋に灯《あか》りがついていて、もしや貴方もいるかもしれないと、哀しくときめきました。

それだけです。貴方の名前を、こっそり呼びました。誰にも聞こえない、小さな声で。

件が影になって囁くような、小さな小さな、しかし低い声で。

私だって、少しは女監獄で学習いたしました。今の私がいきなり貴方の実家を訪ねて玄関から入ろうとしたら、害意や悪意はなくても通報されて仕方ないと。

ただ通りかかったから見ていただけだといっても、妙な噂を流されかねないことも。

私は構いませんが、貴方は困るでしょう。

私からは決して、貴方に近づきません。でも、思うのは自由でしょう。自分の心の中だけで希望や期待、欲望や夢を持つことは、罪には問われません。それがたとえ反社会的、邪悪と呼ばれるようなものであっても。

いえ、私は反社会的な夢に浸ったり、邪《よこしま》な妄想に耽《ふけ》ったりはしておりません。私はただ、貴方に手紙を読んでいただき、いつか御返事をもらえる、それだけでいいのです。

さて。貴方は裁判の傍聴にこそ来ていませんが、事件が報じられた新聞も読み、警察に参考人として何度も呼ばれたようですね。では、柳川《やながわ》座で何か月も掛かった舞台は御覧になって、どのような感想を抱かれたでしょうか。

噂によると、貴方はまるで共犯者、いえ主犯であるかのように演じられていたとか。

また、活動写真にでもならないでしょうか。貴方と並んで、観たいものです。」

※

「もはや春を越えて、次の季節すら感じるようになりましたね。夏は私達にとって、不吉な季節。地獄の季節。

鬱陶《うっとう》しい時候の挨拶《あいさつ》は省き、前の手紙の続きに入りましょう。

私は観られませんでしたが、あの事件を元にした柳川座のお芝居は、かなり脚色されていたとか。それはそうでしょう。そのままを舞台にできるものではありません。

しかし、舞台の方が真実だと噂になるのには、貴方と御家族は早々に困惑し、憤慨されたことでしょう。うちの親は、大いにあれが真実だと吹聴《ふいちょう》していたようですけれどね。

貴方もよく御存じでしょうが、うちの母は貴方を憎んでいます。今もです。

かの女の御遺族だって今も、私には及ばないまでも、貴方のことも相当に恨んでいます。

貴方を最も共犯者呼ばわりしたのは、かの女の御遺族でしたね。御遺族なら、その発言も許されるのではありませんか。

うちの親も、貴方が主犯のようなものだと警察や裁判所、新聞記者にもかなり申し立てたようです。娘を追い込んだのは、あの男だと。

心証が悪くなるので親もこらえていましたが、あの女は殺されて当然のことをしたんじゃと、ずっと家の中では吐き捨て、父も死の間際まで貴方を呪っていました。

私は頑として、それはありえない、と親にも警察にもいい続けました。私もなかなかの名女優、柳川座で再演を打つなら、そのまま主演女優になりたいものです。

『すべては、私が単独でやったことなんよ。あの御方は、殺しには関係ないんじゃ』

ああ、これは主演女優として舞台に立って、叫びたい台詞《せりふ》です。

勿論《もちろん》、警察もかなり貴方を疑いはしましたね。女一人で、あんなことができるものだろうか、と。現に、できました。

殺しも、死体の解体も、女一人でできたのです。私だけで、やり遂げられたのです。

かの女も、カフェー・パリーに勤めたのが運の尽き、でしょうか。そこまで美人とも思えなかったのですが、それは女の目から見たものであり、男には何やらこってりと濃厚な味わいがあるようで、一、二を争う人気の女給でした。

元は中島《なかじま》の遊郭にいただの、津山《つやま》の旅館で酌婦をしていただの、瀬戸《せと》内海《ないかい》の島に嫁いですぐ離縁されただの、様々な噂がありました。客あしらいは、確かに巧みでした。

本人は、広島の大金持ちに見初められて亜米利加《アメリカ》で暮らしたことがあるだの、東京の劇場で松井須磨子《まついすまこ》と同じ舞台に立っただの、法螺《ほら》もかなり吹いていましたが、人懐こくて陽気で、女から見ても憎めないところも多々ありました。

いつの間にか仲良くなり、一緒に買い物や岡山の町をそぞろ歩きなどもしたものです。

なのに、私は殺してしまった。抵抗も逃げることもできないくらい、躊躇《ためら》いなしの一閃《いっせん》で仕留めてしまった。年増《としま》の若作りでしたが、熟した脂身がこぼれ出ていました。貴方《あなた》は、生身のかの女を味わっていたから、こってりした脂の味はおわかりでしょう。

とても悪い冗談です。こんなことを監獄から出す手紙に書いていれば、たちまち黒く塗り潰されたことでしょう。

もし時間を戻せるなら、あのカフェー・パリーで朋輩《ほうばい》として笑いさざめいていた頃に戻りたい。きっと、かの女もそういうでしょう。亜米利加だの東京の舞台だのは、法螺、夢でしょうから。かの女も、あまりその前の遊郭には戻りたくないでしょうよ。

真剣に私を一番想っていると、貴方が打ち明けてくれた夜を思い返すと、あのときに戻りたいとも身悶《みもだ》えます。今もあれが、私の人生の最も華やいだときでしょう。

時間を戻せるなら、カフェー・パリーに勤める前に戻りたい、というべきですね。そうすれば、かの女も死なずにすみ、私は殺人犯として服役することもなかった。貴方も、ずっと何かから逃げ、誰かから隠れる人にならずに済んだ。

でも、私はやっぱり、このままでいいのです。私はまた、ひたすら貴方を思い続け追い続ける日々に戻れた。もう、殺すべき女もいない。

　家族四人で暮らしたのは、四畳半。監獄ではいろいろな人数の部屋に入りましたが、今は母と三畳間。今が最も、ゆったりと静かに暮らせています。牛の臭いも、慣れると懐かしい風情すら漂います。たまに温《ぬく》もりを感じて、可愛らしいとすら思えます。

　実は私は密《ひそ》かに、そして確かに今、幸せなのです。」

※

「季節には触れまいとしても、この季節が来ると私は心がざわつきます、というのは書きたいのです。私がカフェー・パリーの女給になった季節。貴方に出会った季節。私にとってはただ一度の、大正時代の初夏。

　貴方に手紙を読んでもらえるだけでいい。貴方の許《もと》に届くだけでいい。ずっと貴方の顔も見えず声も聞こえない監獄にいるときから、そう願い続けておりました。

　思いがけない恩赦で早くに出所でき、どうにか岡山市の片隅で静かな生活を取り戻せても、その気持ちは変わりありません。失われた大正時代とともに、貴方への気持ちも葬り去れたら、私は楽でしょうか。いえいえ、違います。

貴方に宛てて手紙を書いているだけで、私は心の安寧を得られ、明日《あした》も生きようと奮い立てるのです。なくした大正時代を、取り戻せる夢も見られるのです。

それなら日記帳にでも書けばといわれそうですが、私が私のために書くのでは意味がありません。ここはやっぱり、貴方を想って書く手紙でなければ、なのです。

けれど貴方を想えばどうしても、かの女のことも思い出してしまいます。かの女のことは、忘れ去りたい。かの女のことは、思い出からすべて消し去りたい。

それは貴方も、同じではないですか。まさか、私のこともだとはおっしゃいませんよね。

それは冗談であっても、私は少々、怖い顔をしますよ。決して忘れさせませんよ、と。貴方と私を何よりも強く結び付けているのは、かの女。それがあるから、かの女もまた忘れ去ることはできない。

かの女はもうこの世にはいないけれど、今も私の背後にひっそりと立っているのを感じるときがあります。姉は成仏したのか、最近は現れません。

ちなみに父は、とっとと成仏したのでしょうね、ちらっとも、気配すら感じたことはありません。好き勝手して、母や娘に食べさせてもらっていた父。もしや私にも、不実な男に惚《ほ》れる血が流れているのでしょうか。

監獄には少なからず人殺しはいましたが、幽霊に悩まされている女は一人もいませんでした。生きた人が一番怖いというのは、嫌というほどそこで味わいましたよ。

ともあれ私はかの女と親しき友だった時期もあり、姉妹のようにいつも一緒だったときもあるのです。だから今も、私のそばにいたがるんじゃないでしょうか。恨みだけで、化けて出ているのではないのかもしれません。

かの女としては、親しき友に殺されたと、恨んでいるかもしれませんが。その前に私は、親しき友にひどい嘘をつかれ、裏切られ、嘲笑《ちょうしょう》され、傷つけられたのです。

かの女に貴方のことを相談し、励まされていた私は、とんでもない道化者。そしてお為ごかしの作り笑顔で善女ぶっていたかの女は、殺人鬼に等しき人でなし。

それをいうといろんな人に、だったら貴方のことも憎み怒り恨むのが道理といわれました。元はといえば、貴方が原因なのだから、と。

それはその通りですけれど、私は誰より何より貴方が欲しかったのですから、貴方を横取りしそうな者は敵以外の何物でもありません。

そして私は、誰よりかの女から貴方との仲を祝福してもらえると信じていました。新しい女、覚めたる女を気取っても、女はやはり女を恨むのですよ。

かの女が好きだった松井須磨子とて、不貞の相手を追って自殺してしまいました。大正の新しい女、覚めたる女といえば須磨子だったのに、須磨子だってどろどろの色恋沙汰《ざた》から逃れられず、大正時代を半分ほどしか生きられていないのです。

須磨子は、さておき。私が今でも一番後悔しているのは、店の酒を持ち帰り、かの女が間借りしている部屋に泊まったことです。

その頃かの女は有力な男の後ろ盾もなかったようで、岡山市の外れにあった、下駄《げた》屋の二階に間借りしていました。見栄《みえ》っ張りなのに開けっぴろげに乱雑な部屋を見せてしまう辺りに、かの女のいじらしさと間抜けさも垣間《かいま》見えました。

そんなかの女が御手洗いを借りに階下へ下りて行ったとき、一人になった私は何気なく布団の下から覗《のぞ》いている手紙を見てしまったのです。

ああ、そこから先を書くのはさすがに手が震えます。でも、書きますね。貴方はその先をもはや、楽しみにしなければならないのですよ。」

※

「春は、まだ良いのです。私が恐れるのは、やはり夏。私は汗ばむ手で、貴方への手紙を書き続ける。これもまた、何かの罰。もしかしたら、もう一つの恩赦。

あの日のことは、活動写真のように私の頭の中で繰り返し上映されます。

あの晩、かの女は何やら上機嫌でした。店がはねた後、カフェー・パリーの向かいにある洋食屋で鋤焼《すきや》きの肉を買い、二人で突つこうと誘ってくれたのです。

そのときかの女は、カフェー・パリーに来る前に世話になっていた男と別れたばかりで、夜逃げしてきた、みたいにいっていました。その男は実在しましたが、かの女が吹くほどの分限者ではなく、小商いをしている男でした。

あいつ嫁と別れられんのよ、みたいに泣くかの女を慰め励ますためにも、二人で飲んでいたのですよ。自分がされて泣いていたことを、今度は自分がする側になるなんて。

かの女と七輪で鋤焼きを作って食べ、これがかの女の最後の食事となりました。

二人で酔って寝て起きて、鍋《なべ》に残りの牛肉があるのを見て、これで朝飯にしようや、下の下駄屋にご飯を少しもろうて来るわと、かの女は下に下りました。

ひどく乱雑な部屋でしたが、その手紙だけはやけに白くまばゆく、陽光に輝くようでした。そこに、見覚えある字があったからです。

本当に、時間を戻せるものならその前に戻りたい。あそこで、手紙を見なければ。

かの女の隠していた手紙、いえ、あれはわざと私に見せようとしたのでしょう。

まんまと見せられてしまった、貴方がかの女に宛てた恋文。文面は、貴方が私にくれたものとほぼ同じでした。

そう、貴方《あなた》は私がカフェー・パリーにいた頃は、まめに手紙をくれていたのです。須磨子とて、情夫を放って貴方によろめきそうなほどの、情熱的な手紙を。

あのときの自分の受けた落雷みたいな衝撃、湧きあがった激しい様々な感情、体が震える怒りと恐怖は、昨日のことみたいに生々しく覚えています。

私の最も鮮烈な、大正時代の思い出。そのとき窓の下から聞こえていた虫売りの声、部屋の隅に投げ出してあった、髪の絡まるゴム製の赤い束髪櫛《ぐし》。近くの高地に設置された午砲台が発射したドンという午砲、あれが幻でなければあのとき、正午でした。

そしてこれは絶対に幻なのですが、その万年床で抱き合う裸の貴方も見えました。襦袢《じゅばん》姿で、その隣にしどけなく座って微笑む、かの女の姿も。もっと激しい幻も、ありました。

件《くだん》は未来を予見しますが、過去を見せる物の怪《け》もいるのでしょうか。

時間や空気が歪《ゆが》んでいて、私は過去の本当にあった情景を見たのでしょうか。まるでフィルムに焼き付けられた、活動写真のように。

階段を上がってきたかの女に、私は意外にも静かな落ち着いた調子で訊《たず》ねました。

『なあなあ、この手紙は何なんよ。どうしたことなんよ。誰が、誰を騙《だま》しとるんよ』

否定してほしかった。まだ、言い訳に期待していたのです。

さほど美人でもないし、すべてがだらしないのに、妙な色香で人気のあったかの女には、贔屓《ひいき》の書家や高校の教師などもいました。

もしや彼らがかの女に頼まれ、片思いの相手である貴方の筆跡を真似、偽造してくれたのではないか。自分が頼んで他人に書かせた偽物とわかっていながら、貴方からの手紙だと思い込みたかったのではないか。

そんな馬鹿馬鹿しい、儚《はかな》すぎる夢と虚《むな》しい期待にもすがっていました。無論のこと、貴方の誠実さや良心などにも。もちろん、かの女の友情にも。

けれど、だらしないともしどけないともいえる襦袢姿で上がってきたかの女は、無言で手紙を突き出す私に一瞬呆気《あっけ》にとられたものの、バツの悪そうな顔もせず笑ったのです。

『あの人、私の方を好きみたいなんよ。あんたを重い女じゃと、うんざりしとる。そろそろあんたに、別れを切り出すつもりなんじゃで』

信じられませんでした。手紙以上に、かの女のいった言葉が。

『どうしてそんなひどいこと、いえるんじゃろ。なんでそんな残酷に笑えるんよ』

この叫びにも、かの女はにやにやと笑ったのです。

私は、親しき友を殺してなんかいません。

私は、かつて親しき友だった恐ろしい敵を斃《たお》したのです。」

※

「元は牛小屋だった、農家の離れ。老いた母と逼塞《ひっそく》する、暗い三畳間。嫌な毒虫が、入り込んできます。藤の花は、真っ盛り。ああ、嫌な季節。藤の花が、可哀想。

少なくとも貴方の御実家に、私の手紙は届いている。でも、返事はくれない。

完全に、無きものとしている。私の真心を、また踏みにじるような真似をするのですね。

私の純情さを、もてあそぶ。あの頃のように。

いっそ、断りの手紙をください。できませんね。強い拒絶の態度に出て、私が押しかけたり、新聞社に駆け込んで真実を吐露したりするのを恐れているのでしょう。

手紙を貴方の目に触れないよう隠してしまう、貴方の御家族。私はずっとそう思っておりましたが、もしや貴方はすべて読んでいるのではありませんか。

それでも私は、書きます。だから、書きます。ただ、どうも監獄にいたときの癖が抜けず、もういくらでも書いていいのに、頑《かたく》なに回数や枚数を守ってしまうのです。

ほら、いつまでも字が小さいでしょう。異様に小さな文字を、俗に監獄文字というのですよ。決められた枚数のため、たくさん書くには字を小さくするしかないのです。封筒に監獄の印が押してなくても、見る人が見ればわかります。

ともあれ、かの女に貴方からの手紙を突きつけたとき、かの女は心底から私を馬鹿にする態度を取りました。やはり見られてもいいと思っていた、いえ、見せつけたかったのでしょう。その後の惨劇までは、見通せず。私が、そこまで夜叉《やしゃ》になるとも知らず。

泣いて謝ったり、必死に下手な言い訳をしたり、逆上して開き直ったり、そういうことをしてくれていたら、夏は違う季節になったでしょう。私は存分に、モダンなハイカラな大正時代を享受できたでしょう。

かの女は、にやにやしながら舌を出しました。とことん私を、下に見ていたのです。自分が、勝者のつもりでいたのです。

あのときのかの女を思い出すと、生々しい殺意がよみがえります。心の中で何度も何度も殺害の場面を反芻《はんすう》し、私の手は今も見えない血にまみれます。

私は、我を忘れてかの女の頬を叩《たた》いていました。かの女も、叩き返してきました。そして気がつくと私は背後から襲いかかり、手拭《てぬぐ》いで首を絞めていました。生々しい重み、温《ぬく》もり、断末魔の喘《あえ》ぎ、快楽にも似た痙攣《けいれん》。

そこから私は、生きたまま灼熱《しゃくねつ》地獄と酷寒地獄を行き来しました。血がたぎるような興奮と、血が凍るような冷静さ。

異様な熱気に包まれながら、不気味な醒《さ》めた行動を取れました。私は地獄の責め立てる鬼にもなり、責め立てられる亡者にもなりました。

万年床に裸に剝《む》いたかの女を寝かせ、近くの金物屋から買ってきた包丁や鋸《のこぎり》でこまかく切断し、血はすべて布団に吸わせ、解体していきました。

何かが取り憑《つ》いていたのでしょう、私は疲れも恐れもなく、カフェー・パリーに行く前にかの女を解体し、すべて捨てに行けたのです。米袋や風呂敷《ふろしき》、盥《たらい》に行李《こうり》と様々な入れ物にバラバラにしたかの女を入れ、少しずつ。

鍋にご飯を入れ、煮立てました。臭いを、鋤焼きだとごまかすためです。あのときの臭いは、今も手紙を書く私の周りに漂っています。ひっそりと部屋の隅にいる件の妖怪《ようかい》も、喰《く》われる牛肉の臭いに哀しい顔をしています。

河原に、山に、溝に。少しずつ、細切れの肉片となったかの女を捨てていきました。

私はかの女の着物を着て、髪を整えてかの女の櫛を挿し、手拭いで顔を隠し、かの女のふりをしました。元々、背格好も似ていました。

階下の下駄《げた》屋の家族も近隣の人達も、私をかの女と見て疑いもしませんでした。

血まみれの布団も襦袢も切り刻んで河原で焼き、金物は河に放りました。

あまりにもあっさりとかの女を始末でき、何事もなかったかのように部屋も片づけ終えられ、私はかえって不安になりました。

異様に空腹を覚え、鍋の中のものも、すべて食べつくしてしまいました。かの女の味がしました。もしかしたらかの女の肉もいくらか、そこで煮て食べたのかもしれません。

カフェー・パリーの主人や客も、かの女のいい加減さを知っていましたから、無断で休んでも舌打ちするだけでした。ああ嫌だ。嫌なことも、書くのが楽しくなってきました。」

※

「凍《い》てついているはずの私が、やはりこの季節になると身の内が焙《あぶ》られるようです。渇き切った私に、貴方は手紙という清涼な水を与えては下さいませんか。それでも私は、渇きながらもあの日のことを綴《つづ》ります。かの女を殺した後、何食わぬ顔でカフェー・パリーの店に出て、しかし私は覚悟は決めていました。私と親しき友と呼ばれる間柄であったのは、多くの人が知っていましたから、かの女の失踪《しっそう》を怪しんだ人は絶対に私のところへ聞きに来る。

遺体がなくても、これはもう逃げられない。徐々に恐ろしさが増してきて、私は地獄から現世に人として戻ってきました。そうして私は、自首いたしました。

『交際のもつれで、情人を盗《と》られとうないと恋敵を殺したんですらぁ。始末も遺棄もすべて、自分一人でやりました。申し訳ないことをした、こらえてつかあさい』

私の供述は、一貫していました。警察でも裁判でも、頑としてそれで通しました。私には、命に代えても守らなければならない存在がありましたから。

貴方《あなた》も参考人として呼ばれましたが、貴方は確かに事件の原因となった存在ではあるけれど、犯行に加担はしていないと法的にはお咎《とが》めなしでした。

うちの親もかの女の親も、理屈ではわかっていても、納得いかないようでしたが。

ただ貴方もさすがに近所の目や学校での噂は気になったようで、いったん実家を離れ遠くの街に行ったのですね。私は女監獄での懲役を、粛々と黙々と勤めあげました。

生き甲斐《がい》は、貴方に手紙を書くこと。これがあったから、私は耐えられたのです。

殺人者で幽霊に怯《おび》えている人なんかいないと、前にも書きましたが。幽霊が見える、霊感があると騒ぐのは、薬物中毒か目立ちたがりの嘘つきか、どちらかでした。

私はどちらでもないけれど、出所してからふっとかの女を感じるようになりました。

私は罪を償ったけれど、償っていない人がいるのが納得できないのでしょうね。かの女、貴方の許《もと》にはどんな姿で現れているでしょうか。白いエプロンか、肌襦袢《はだじゅばん》か。

この手紙を貴方が読んでいてもいなくても、今さらどうしようもない、でも時限爆弾がついに爆発するような真実を書いてしまいますね。

まだ息のある、充分に蘇生《そせい》できたかの女を茫然《ぼうぜん》と見降ろしていた私は、階段を上がってきた貴方に驚愕《きょうがく》することも激怒することもできませんでした。

貴方はかの女を訪ねてきてしまい、思いがけず私と鉢合わせたどころか、恐ろしい現場に居合わせることとなったのでした。

しかし貴方はいわゆる夜這《よば》いに来たのではなく、かの女に恐喝を受け、その話し合いに来ていたのでしたね。腹に子ができてしまった、貴方の子だから産みたい、結婚が無理なら認知をしてほしい、と。

かの女の妊娠は事実でも、僕の子かどうかわからんよ、貴方はそういいましたね。かの女としては、最も金持ちの子で将来有望な貴方の子にしようとも計算したのでしょう。

貴方はおそらくそのときすでに、良家の令嬢との縁談が進んでいたのに。かの女のことなど、遊びでしかなかった。ええ、私のことも。何より貴方は、親を恐れた。世間体を、将来を。

貴方は、面倒な女どもを一気に片づけようとしたのでしょう。途方もなく貴方は私に甘い顔を見せ、これはもう助からん、死んどるも同然じゃと、かの女の首をさらに強く絞め直し絶命させました。

でも、殺したのはお前じゃ、といいましたね。

そうして、一緒に解体しましたね。手分けして、捨てに行きましたね。女一人でできるわけがないでしょう、あんなこと。

後からわかりましたが、貴方は親に内緒で遊ぶ金欲しさに、かの女に借金もし、再び中島の遊郭にかの女を売ろうと前金も受け取っていました。

妊娠で結婚を迫ったのも、かの女の悲しい女心だったという解釈も、同情もできます。そして私の、罪は私一人がかぶるというのを涙を流して喜び、そうしてくれたら出所後は必ず結婚するといってくれました。

私は、貫き通しました。嘘をではなく、貴方への愛を。

貴方に手紙を書くことが生き甲斐ではなく、その約束が生き甲斐だったのです。」

※

「暑い。また、あの季節が巡ってきました。私の失われた大正の夏が。

やっぱり、まだ御返事はくれませんね。でもこの手紙は絶対、貴方に読まれるはずです。

これにも知らんぷりをして、また家族が隠したと言い張りますか。

もし貴方の奥様がこっそり開封して先に見たとしたら、貴方は私より先にまず奥様に申し開きと弁解、誤魔化しに嘘、いろんなことをしなければならなくなるでしょう。

奥様も怖いでしょうが、奥様のお父様も怖いでしょう。私は知ってますよ、もう。奥様の御実家の援助で、今の会社を経営させてもらっているのですからね。

あの事件に関しても、女達の勝手な争いに巻き込まれただけだと弁明し、その後も貴方は抜かりなく、平然と徹底的に自分を被害者として騙《かた》っているはず。

旦那《だんな》様の手紙など、怪しいと疑っても開封しない、そういう古風な奥様であるのを祈りたい気持ちにもなりましたか。さあ、どうでしょうね。

この手紙は、貴方の御実家ではなく貴方が今住んでいる御自宅に届いているでしょう。私はもう知っているんですよ、貴方の現住所を。

実は間借りしている農家の末息子が私を気に入り、嫁代わりをすることで衣食の面倒も見てもらっているのです。だから、こうして働かずに好きなことだけできるのです。

末息子は体こそ大人ですが、心が子どものままで、口がきけず耳が聞こえません。なかなか嫁の来手がないので、親は私が嫁の代わりになっているのをむしろ歓迎しています。

貴方のように嘘はつかず、何もかもが真っ直ぐな気持ちをぶつけてきて、いじらしいですよ。ちゃんと、件《くだん》の存在、姉やかの女の気配も感じているようです。

けれどこれは、あくまでも夫婦のようなもの。夫婦ではありません。だって、私は貴方と結婚の約束をしたのですから。

でも貴方は、私ではない女性と結婚していますね。かの女だって、怒りますよ。私より、貴方を選んで化けて出ますね。

さて貴方は私の故郷に伝わる、穴掘酒なる風習の話を覚えておられますね。

土葬にする際、遺族や村人達が墓地でたらふく酒を飲み、泥酔することです。さらに死者の供物を食べれば長生きできる、ともいわれております。

蛮習であると、私は恥じておりますが。姉の葬式で、ちゃんとやりました。父のは獄中にいたためにできませんでしたが、母がやってくれました。

あのとき、私達はかの女の遺骸《いがい》を前に、鋤焼きの残りを食べて酒を飲みましたね。私が盛んに、穴掘酒じゃと勧めていたのを忘れたとは言わせません。

あのとき、鍋《なべ》に刻んだ胎児を入れておきました。貴方も私も、食べていますよ。

これは今だから、打ち明けられることです。貴方が最も切り難《にく》い首を切ろうと悪戦苦闘している間、私は背を向けて腹を捌《さば》き、胎児を取り出していたのです。

もしも本当にそれが貴方の子ならば、貴方は我が子を食べたことになるのですよ。ああ、この手紙を読んでいる貴方の顔が目に浮かぶようです。

かの女はさる寺社の共同墓地に葬られているとのことですが、しばらく水のこが上がらんと、泣く人も恐れる人もいたそうです。

供え物は犬や鳥が食べてしまうものですが、いつまでも供えた水が、まったく減らない。そして残っていることは恐ろしいことです。死者に、この世への強い執念があるとされたのです。

姉もちょっとの間、水のこが上がらんときがありました。

貴方、こっそり参ったんじゃないですか。ふっとあるときから、水のこが上がった。そう、母に聞きました。母も貴方のその後を気にかけ、いろいろ探っていたのです。

さて。貴方の御実家の近くの商店街で、私はいつも買い物や散歩をするようになり、さりげなく貴方や御実家の話題を出し、幼なじみだの同級生だの、あそこの親にも世話になっただの、にこやかに話しかけました。

商店街の人達は何も疑うことなく、私の身元を怪しむこともなく、あそこの息子さんはどこそこにお勤めしていただの、新居はどこそこの町らしいだの、奥様はどこの出だの、親は何をしているだの、いろいろ教えてくれました。

さすがに、あの事件の関係者だと口にする人はいませんでした。ということで、とりあえず次の手紙を区切りとしましょう。楽しみに待っていてくださいね。」

※

「暑い。腸《はらわた》がまさに煮えくり返るほど、暑い。
律儀に枚数は守りたいので、今回は特別に大きな字で書きますね。
お前、ちばけるなよ。ふざけるなよ。糞《くそ》野郎。嘘つきのペテン師。
大概にしとかんと、殴るで。張り回しちゃるからな。

いつまでも私が大人しゅう、しおらしゅう、優しい手紙だけ書いとると甘《あも》う見て素知らぬ顔でおったら、新聞社に駆け込むからな。

お前の女房の親にも言うちゃる。なんなら、今から警察に行って洗いざらい、ぶちまけてもええんじゃで。死刑にはならんでも、長らく監獄にぶち込まれるで。

お前は我が子も、殺したも同然なんじゃ。なんなら、食うてもおるし。

ええ加減に返事を書け、この人殺しの、人食い野郎。」

※

「僕も前置きや時候の挨拶《あいさつ》は端折《はしょ》り、用件のみ記します。

貴女《あなた》からの手紙は、すべてうちの親が隠していたようです。

本当です。私はまったく知らなかったのです。監獄からの手紙も、出所後の手紙も、いっさい私は読んでいません。読みたくても、読むことができませんでした。

読んでいたら、すぐ返事を書いたに決まっているじゃないですか。

先日、親が隠していた手紙の束を見つけ、大変に申し訳なく思うと同時に、貴女が可哀想になり、親を怒鳴りつけました。今の家に届いた手紙だけは、僕が開封しました。そこから、親がこれまでの手紙は隠していたと気づいたのです。

私は、天地神明に誓って逃げる気などありません。

確かに、すでに別の女と結婚はしています。それは認めます。いろいろと、これにものっぴきならない事情があるのです。ちゃんと会って、話します。

約束は守ります。妻とはすぐには無理だけれど、必ず離婚します。だから、本当に貴女が言うように、私宛てに手紙を書くだけにしてください。

これからは、貴女からの手紙を心待ちにし、何よりも人生の楽しみとします。

とにかく、新聞社などに駆け込まないでくださいね。もちろん、警察など以《もっ》ての外です。

どうも貴女は好きでもない男と閉ざされた暮らしをしているから、どんどん悪い方向に心が追い込まれているようです。

現実と夢が、混ざり合ってもいるのではないでしょうか。幽霊など、この世にいませんよ。しっかりしてくださいね。牛はしゃべらないし、件なんて迷信の産物です。

どうか後生ですから、職場にもどちらの実家にも来ないでください。

私は今も昔も、貴女だけが好きです。あの頃からずっと、貴女だけを愛しています。あの悪い女に誘惑され、つい一時の気の迷いで関係を持ってしまったことは、今も激しく後悔しています。あれは本当に、悪い女だった。

子どもができたというのも、嘘でしょう。妊娠なんか、していなかった。胎児がいたなどと、そこら辺りは多分に貴女の妄想ですよ。

ともあれ貴女からの手紙を読んで、改めていろいろな思いを強くしました。もっと早くに読んでいれば、こんな誤解をさせなかったのに。無用な心配をさせなかったのに。改めて貴女に求婚するので、二人きりで会いましょう。誰もいない場所で。誰にも邪魔されない、二人だけになれる場所で。

たとえば、かの女の葬られている共同墓地で、穴掘酒もよいのではないですか。真夜中にあの辺鄙《へんぴ》な地にある墓地なら、誰にも邪魔されず二人きりになれます。酒に酔って痴《し》れ者として暴れ、走り回ったとしても、誰にも声や騒ぎは届かない。誰も、そんな時間に墓参りに来ている人がいるとは思わないでしょう。万が一にも誰かが見てしまっても、それこそ生きた人ではなく幽霊だと逃げ出すでしょう。

かの女も苦笑しつつ、一緒に飲んでくれるかもしれません。一番、酔っぱらって乱れていたのが幽霊だなどと、おもしろい冗談ではありませんか。

貴女は野蛮とおっしゃるが、穴掘酒は真に死者を弔い、遺《のこ》された者もけじめをつけられる良き祀《まつ》りです。貴女の故郷だけでなく、岡山の全域で行われるべきでしょう。

繰り返しますが、貴女はこのことを絶対、絶対、誰にもいわず、誰にも知らせず、一人だけで私に会いに来て下さい。約束ですよ。」

でえれえ、やっちもねえ

毒の棘《とげ》ある、しかし荘厳にそびえる、龍《りゅう》の背のような中国山脈。その上の方が、薄《う》っすら白くなっている。

薪にする枯れ木を拾っていた親と近隣の者達は、肌寒さはあったものの、薄墨色の背景に霞《かす》む山脈の初冠雪に気づいていなかった。真っ先に叫んだのは、四歳だったノリだ。

「雪じゃあ」

これから過酷な季節に入るというのに、ノリはじゃれつく仔猫《こねこ》のように飛び跳ね、

「ノリはほんまに、目がええのう」

父が目を細め、空いている方の手でノリを抱き上げた。まだ腰巻をつけていなかったノリは、股《また》の間をすうすうと通り抜ける風に、いっそう季節の移り変わりを感じ取った。

「異国や極楽まで、そのうち見えるようになるかもしれんで」

その傍らで、乳飲み子だった弟をあやしながら、まだ娘のような母も笑っていた。

「見えるで、来年も、その先も」

ノリはその一家の光景を、後々もずっと自身の最も古い思い出として語る。

まったくの嘘ではない。そんな風景の中に、そんな自分はいた。

ただ、後からいろいろ付け足したり、消し去ったりはしている。米を研いで炊いて、飯にするように。藁《わら》を編んで、草履にするように。米と飯は、同じで違う。藁が草履になったことを、草履がかつて藁であったことを、誰が偽りと責めようか。

なんでもない平穏な百姓の家族と、取り巻く景色。こんな自分でも幼い頃は、なんでもないそこらの子じゃった。豊かではないにしても、親は優しく家内は睦《むつ》まじかった。

といった物語の始まりは、ノリの言葉に耳を澄ます者達を安心させる。

「うちの故郷は、百日、雪の下といわれとった。岡山を温暖な地域と思う者は、瀬戸内海沿岸の開けた町や村しか知らん。うちは北の果ての村で育ったけぇ、辛抱はできるし性根は据わっとりますらぁ。必ず訪れる春を、素直に有り難《がと》うに待てもする」

厳しい暮らしに耐えてきて、それでいて目よりも勘が良く、さらに女を生かす箇所が早くから目覚めていたのだと、言外に匂わせることもできる。

「じゃけぇ、包み隠さず打ち明けてつかあさい。うちは、あんさんと変わりない並みの女じゃ。ほんの少し、人より早《はよ》う、人より強う、勘が働くだけのことじゃから」

後に岡山市の真ん中に出てきて、華美ではないがそれなりに装い、年配の人に敬語を使われるようになっても、ノリは北の訛《なま》りを隠さなかった。そうしていつまでも、純朴で無欲な田舎娘のふりをした。

※

岡山の北の果ての寒村で、ノリは馬小屋のような、というより、元は馬小屋だった家に生まれ育った。幼い頃はよく、

「厩《うまや》で生まれたとは、耶蘇《やそ》の神様のようじゃのう」

などと揶揄《からか》われ、その意味を教えてもらったときは、はっきりと言葉にして考えられたのではないが、これは後々まで話の取っ掛かりに使えると頭の中に仕舞い込んだ。

誰に強いられたのでもなく、何者かに吹き込まれたのでもなく、ノリは確かにそれこそただの女童子でしかなかった頃から、行く末を見通していた。

ともあれ親を早くに亡くし、中農の家に小作人として住み込んでいたノリの父が、そこの主人に馬小屋を貰《もら》い受けたのだ。家を増築して牛も馬もすべて内厩にするので、不要になった外の小屋にはお前が住みゃあいい、と。

父は穏やかな働き者であったから、村人達によって嫁も世話してもらえた。寺の境内に捨てられていた女子《おなご》が後のノリの母で、三つ四つくらいまで寺で育てられていた。それから子守や農家の手伝いなどさせられ、住処《すみか》も転々としていたが、腰巻をつけ

る年頃になって、ええ相手が居るから夫婦になれとノリの父に引き合わされた。若い夫婦は馬小屋に少々の手を加えた新居に暮らし、翌年にはノリが生まれた。壁は板を打ち付けただけで、地べたに敷いた筵《むしろ》で暮らし、河原で拾ってきた石の竈《かまど》で煮炊きした。真冬でも粗い着物一枚で、粉米の団子すら御馳走《ごちそう》だった。

粟《あわ》と黍《きび》の粥《かゆ》しか啜《すす》れなくても、囲炉裏端で父の膝《ひざ》に抱かれて昔話を聞き、辛うじて木綿であるのが知れる薄い布団で寝て、愛らしい弟と母の乳を取り合いまさぐり合っていれば、ノリは満たされていた。

母も父の雇い主について農作業をし、その家の炊事洗濯なども手伝っていたが、裁縫や機織りはできなかった。習う暇がなかったのだ。教えてくれる者も、いなかった。

七つ泣き泣き、糸引きを習う。その歌だけは、歌える。

七つくらいになれば、女は機織りを習わされた。できんかったら嫁には行けんといわれ、他家の水仕事ばかりしてきた女はミズシオナゴと侮蔑《ぶべつ》された。

母は、何も持たず同じく身寄りのない父の許《もと》には嫁げたが、娘はやっぱりミズシオナゴとなった。ただし、娘は後に裁縫も覚え、小さな神様の使いにもなるのだが。

――岡山でも西洋料理店が開かれ、写真機も自転車も入ってきたとはいえ、未《いま》だ幕末の空気に満ちていた明治十九年。

前年に長崎で発生した虎狼痢《コロリ》は、大阪で再燃し燻《くすぶ》っていた。岡山では三月の半ばに大阪帰りの者が発病し、五月になって瞬く間に岡山県下に広がった。

「でえれえ、やっちもねえ」

物凄《ものすご》く、怖い。とてつもなく、困る。恐怖と憤怒《ふんぬ》と不安は岡山の人々に、やるかたない嘆息とともに吐き出された。でえれえ、やっちもねえ。でえれえ、やっちもねえ。

それまでも毎年、虎狼痢に罹《かか》る者は少なからずいたが、特に激しかったのが十二年と十九年だ。十二年の最初の思い出が、中国山脈の雪だ。

田を持たない父は、田畑の手伝いもしていたが人力車夫としても働き、そちらの賃金の方が多かったから、困窮の上に困窮することとなった。港や街道に臨時の検疫所や検査所が設けられ、たびたび通行が遮断されたからだ。

「具合の悪い者は、居《お》らんかな」

白い装束の巡査や、異様な防護服の役人がいきなり家の戸をこじ開けて入ってきたのを、ものすごい化け物に襲われたとノリは覚えている。ノリの親に限らず、

「避病院に送られたら、生き胆《ぎも》を取られるんじゃと」

「睾丸《こうがん》を抜かれるらしいで」

などと噂されていたから、疑わしき者だけでなく、明らかなる罹患《りかん》者を引きずり出すのも大変だった。なんといっても家から罹患者を出せば、下手をすれば村八分になりかねない。家の中に、病人は隠すのが常だった。

「隠せば家族に感染し、その家族がさらに村人に広げていくことになる。早いうちに感染した者を、然《しか》るべき隔離をせねば何時《いつ》まで経っても終わりが来んぞ」

役人が尤《もっと》もなことをいってきても、巡査が物々しくやってきても、うちに病人はおらん、と突っぱねるのだ。ノリの親が世話になっている農家の主人も、ついに連れ出された。

足腰立たなくなっているのを、戸板に乗せて運んでいったのだ。戸口で、女房が泣きわめくのではなく、呆《ほう》けたように座り込んでいた。

「うちら、終わりじゃ。この世も、仕舞いじゃ」

そうやって巡査らに虎狼痢患者を連れていかれた後は、近所周りに誤魔化しようがない。

石灰酸を水に溶いた消毒液を、家の周りに大量に撒《ま》かれるのだ。それを見れば、この家から患者が出たんじゃと、一目瞭然《いちもくりょうぜん》となる。

臨時の病院も、あちこちに造られた。寺なども、仮の病室にされた。とにかく特効薬がないから、患者は隔離するしかないのだ。

しかし手当といえば、胃腸薬に浣腸《かんちょう》、そして芥子《からし》泥を溶いた湯での入浴だ。半分以上が、病院を出るときには死んでいた。墓地の土饅頭《どまんじゅう》は、腫《は》れ物のように増えた。村ごと隔離というのもあり、このままだと村ごと焼き払われるんじゃねえかという噂も飛び交い、悲嘆の叫びと恐怖の泣き声は中国山脈に木霊《こだま》した。ついに役場には、密告函《みっこくばこ》なるものが設置された。隠蔽《いんぺい》患者を知る者、罹患の疑いに感づいた者は、その者の名前を書いて入れろという。

一応の配慮も、されてはいた。投函《とうかん》するに当たって、書いた者は名前を記入する必要はない。函には頑丈な錠前もついていて、係の役人しか開けられない。

だがこれは、村に疑心暗鬼というもう一つの悪病を生じさせる効果しかなかった。虎狼痢患者ではなく、田んぼの境い目で揉《も》めた、女房に手を出された、金を返さん、といった個人的な怨恨《えんこん》を抱く者の名前を書いて入れるばかりとなったのだ。

感染していないのに、険しい顔の巡査や役人に来られる。彼らが来ただけで、菌を撒き散らす罹患者扱いをされる。すぐ家に戻れても、保菌の疑いは晴れないままだ。

密告した者もまた、密告される。密告した相手に密告し返されるときもあれば、思いもよらない相手に逆恨みされていた、というのもある。

それに乗ったか、虎狼痢とは関係なく、放火犯や盗人《ぬすっと》の見当がつかなかったある村では、誰が犯人か盗人かを投票で決めたという。元より素行の悪い男、恨みを持つ者が多い男が、それで犯人とされたそうだ。

「菌を貰うんも、きょうてぇが。人の恨みは、買うもんじゃねぇな」

皆は、それも囁《ささや》き合った。ノリの親は誰からも、名前を書かれない人だった。

それでも虎狼痢からは逃れられず、父も母も連れていかれてしまった。父はまるで居眠りでもしているかのように、家の近くの畔《ほとり》で、柿の木の下に座ったまま死んでいた。弟は、朝起きたら母の腕の中で死んでいた。それで母は、娘を頼みますと見回りに来た巡査を拝み、みずから避病院に赴いた。そうして、誰にも看取《みと》られず死んだ。いや、死神と虎将軍は舌なめずりし、一家を見下ろしていたことだろう。

「でえれえ、やっちもねえ」

十一歳だったノリは、父と母と弟を失った。即《すなわ》ち、自分の命以外のすべてを失った。

「なんでうちだけ、生き残ったんじゃろ」

親指を折り、人差し指を折り、中指を折る。死者の数を数えるに、指では足りぬ。夏だったのに、その指はかじかむように強張《こわば》った。怖い思い出に縛られるからか、死者達に指をつかまれるからか。

コレラは虎狼痢、虎列拉、虎烈剌といった漢字が当てられるが、すべて虎がついている。

ゆえに、虎将軍とも呼ばれた。

使者神が狼である木野山《きのやま》神社は、大昔から続く由緒ある神社だが、虎に勝つのは狼だとなってからは、退散祈願が物凄いことになった。

遠くて行けない人のために、木野山神社の神輿《みこし》を担いで練り歩こうとなり、人が集まればかえって感染は増えると、県当局が行列の禁止通達を出すこととなった。それでも神輿は担ぎ出され、拝む人々は殺到し、半ば自棄《やけ》で酒を呷《あお》った。

正しく分霊して貰《もら》い、別の神社に木野山の神も祀《まつ》られたが、怪しげな商売にする者も後を絶たなかった。焼け太りといっていいのか、虎狼痢で儲《もう》けたのは祈禱《きとう》師や占い師だ。

それらをノリは、恐怖や悲嘆とは少し違う横目で見ていた。

「何を信じたら、ええんじゃ。けど、ああいう仕事は金になるんじゃな」

※

「阿呆《あほう》でも十年経ちゃ十になる、じゃで」

この身も蓋《ふた》もない言い回しを教えてくれたのは、かけがえのない親だったか、次々にノリの上や下や周りに来ては去っていった他人さんだったか。

いずれにしても、ノリは腰巻をつける娘にもなり、色を売る女にもなれた。親と弟を亡くしてからのノリは、さて死に物狂いで生き延びようとしたか、ただ流されるがままに生きていたら歳を取っただけか、自分でもよくわからない。

独りぼっちになったノリは、父母の雇い主だった農家からも顧みられなかった。その家も主人と跡取りを失くし、使用人の子どもまではとても手が回らなかったのもある。

　何も持たないノリは、真夏に中国山脈の雪を見た。幻だ。だがそのときはっきりとノリは、自分には何かしら見えないものを見る力があるのを感じ取っていた。

　誰に教わったか誰に勧められたか、ノリは傾きかけた辻堂《つじどう》の片隅にうずくまっていた。隣村との境いにある、巡礼者が集まる辻堂。そこに行けば、とりあえずの雨露をしのげる屋根と壁があり、信心深い村人が食べ物など恵んでくれた。

　そこに寝起きしていたことは覚えており、見知らぬ巡礼者達と一緒にいたのも、朧《おぼろ》気《げ》な夢のようだ。可愛がってくれる人も世話をしてくれる人もいたが、いたぶったり弄《もてあそ》んだりする男達もいた。食べ物をくれながらも、痛いことを強いる男もいた。

　野良《のら》の犬猫と自分は何が違うのか、言葉にしないままに考えた。

　人でありたいと願うのではなく、もっと犬猫に近づいて心を失くしたかった。

「雪じゃあ。山の上に、積もっとる」

　真夏に、高熱に浮かされてそんなことを口走っていた。そう口にすると、あの日のように父と母と弟が現れ、ノリは無邪気に飛び跳ねる子どもに戻れるのだ。

　ノリは虎狼痢には罹《かか》らなかったが、始終どこか具合が悪かった。全身に湿疹《しっしん》ができて膿《うみ》だらけになったこともあれば、吐き下しが止まらず、ここに居るな汚ねぇぞと、まさに犬猫の仔のように首根っこをつかまれ、叢《くさむら》に放り棄《す》てられたこともあった。

それでも、ノリは残飯を拾ってでも生き延びた。あれは暴風雨の中、皆が避難してノリだけが捨て置かれて悪寒に震えていたときだ。雨風がようよう治まった夕暮れ時、何か大きな温かい黒い影が幾つか現れ、ノリを抱き上げた。

後からわかるが、それはその年に初めて岡山で作られた孤児院の職員だった。敬虔《けいけん》な基督《キリスト》教徒だった石井《いしい》院長が、主《あるじ》のいない寺を借り受け、そこに孤児院を作った。ノリが連れていかれたとき、五十人近い孤児がいた。

ノリはすでに最年長に近かったが、初めてそこの教室で裁縫など教わった。子どもらは行く末のために米搗《こめつ》きや麵麭《パン》焼きを教えられ、院内には職業訓練と商売もかねて理髪店も作られた。近郊の農家や商家に、見習いとして預けられもした。

高等小学校を出る年頃くらいまでは、ここに置いてもらえた。様々な生きる術《すべ》を得た後、巣立っていく。出世する者も、身を持ち崩す者もいる。

ノリも勉学や習い事にはそれなりについていったが、これは誰にも習わぬ妙な特技を身に付け、こっそりと職員も見てくれと、物陰に呼ぶほどだった。

筮竹《ぜいちく》の代わりに箸《はし》を何本も持ち、手の中でがしゃがしゃ揺らし、じっと見つめ、

「あんたのお父ちゃんはもう死んどるが、お母ちゃんは生きとる。年末に会えるで」

子どもらしからぬ、厳かな声で託宣を下す。千里眼とも予言者とも違う、おそらく占い師というのがもっとも近いのであろうか、とにかく先のことを当てられるのだ。

細い竹の束を揺らす筮竹占いは、祭りの夜に見たことがあり、見様見真似だった。それらしい風に見えるから形だけ拝借したのであり、実際は頭の中にぽっと浮かんでくる。箸など揺すっても、何も見えぬし閃《ひらめ》かない。

「みぃちゃんはここを出た後、髪結いでなしに看護婦になるじゃろ」

しかし、温厚な石井院長もノリのそれについては、いい顔はしなかった。石井院長は敬虔な基督教徒なので、占いは人心を怪しく惑わせるものなのだった。

「ノリや。それはあくまでも、遊びじゃで」

「わかっとりますらぁ。これを商売にしたいとは、思わん」

院内には優しい子も猛々《たけだけ》しい子も、仲良くできる子も喧嘩《けんか》ばかりの子もいた。蕎麦《そば》の団子や麦ばかりの粥《かゆ》が続いても、食べられるだけ嬉《うれ》しかった。

最も親しくなったのが、一つ上の小平《こへい》だった。特に顔立ちが良いのでもないが、すでに色気のようなものがあり、勉学はさほどでもないのに妙に世知に長《た》け、大人びた物言いをした。どの職員かが口元を歪《ゆが》め、

「でえれえ、やっちもねえ。あれは女を泣かすで」

などと意味ありげに呟《つぶや》いていて、ノリは何やらその言葉で股《また》の間がもぞもぞした。

ノリも血のつながらぬ大人達の中で過ごし、そちら方面の知識は持っていた。

「うちは、小平に惚《ほ》れとる」

そう呟けば、妖《あや》しい震えが下から来る。しかし占い師の常で、自身の行く末は見えぬ。

「わしゃ分限者になって、ノリを迎えに来るけぇ」

そういってノリの手を握り、小平は一足先に孤児院を出て行った。まずは、岡山市の商家に丁稚《でっち》として入ったという。孤児院を出た者は、土産物を持って顔を出しにくるのもいれば、一切の関わりを絶つのもいた。

「絶頂に居る者と、どん底に居る者は、ここに戻らん」

これは占いではなく、世の習いだ。小平はときおり、菓子などを持って顔を出しに来た。

絶頂でも、どん底でもないのだ。小ざっぱりとして、色気も増していた。

「ノリをもうすぐ、迎えに来られる」

そういってくれたのに、あるときから来なくなった。噂では、商家を黙って辞めてどこかに行ってしまったという。ノリは、初めて自分の行く末を占おうとし、できなかった。

「まだ分限者でないから、連れ出してくれんだけじゃ」

一年後、ノリも孤児院を出た。石井院長始め、他の先生方も善き人達で、朋輩《ほうばい》も別れるとなれば皆がいじらしく愛《いと》しいが、もうここには二度と戻るまいとも決めた。

「うちは、絶頂かどん底か、どっちかを生きる宿命じゃから」

当初は髪結いの店の手伝いや温泉宿の下働きなどしていたが、十六になった年にみずから東中島の貸し座敷に出向き、娼妓《しょうぎ》となった。

泣き泣きではない。幼くして身内も家もすべて失くしたのだから、涙などもう涸《か》れ果てた。

もしまだ泣くことができるなら、泣いてみたいほどだ。

家族の借金のためなどではなく、自分のために志願してなったものだから、前借りに縛られることもない。だが生まれて初めての写真は、脱走防止のために撮られたものだった。

要は、手配書だ。

「うちは、こねぇな顔をしとるんじゃな。絶頂かどん底か、の面構えじゃ」

手札ほどの大きさの写真には、ノリの名前だけでなく、抱え主の名前も添えられ、貸し座敷の業者みんなに配られた。逃げたら、これが回覧される。

娼妓、客引き、客の中に、孤児院で見たようなのが交ざっていたが、それはいわない約束だ。貸し座敷では、誰も本当のことはいわぬ。

その年は、岡山駅から神戸《こうべ》まで山陽《さんよう》鉄道が開通した。娼妓も客も盛んにその話をしていたが、貸し座敷の二階の暗い窓からは見えない華やぐ岡山駅と、異郷の神戸と、そして雪を頂く中国山脈を思い描き、呟いた。

「分限者になる男を待つより、自分が分限者になりたいで」

毎日、見知らぬ男と寝る暮らしは泥水啜《すす》るものではあったが、生き地獄とまではいかない。畳の部屋に綿の布団というだけで善き身分となり、たまに米だけの飯も食える。冷たい白粉《おしろい》を首に塗っているとき、鏡の中の自分が綺麗《きれい》でうっとりもする。戯言《ざれごと》、譫言《うわごと》、寝言であっても、別嬪《べっぴん》じゃ、嫁にしたいといってくれる男もいる。孤児院の院長とはまるで違うが、逆らわなければ貸し座敷の主人も優しくしてくれる。

　小平が迎えに来てくれるとは、真剣に祈っていないし待ってもいない。神仏にすがっても無駄なことは、身に染みている。男にすがってもたいていは無駄なことも、また。

　それでも好きな男がいるというだけで、胸に小さな神仏が宿った気にはなれる。

「自分が分限者になりゃあ、男を待たずに済むけんな」

　占いができることは、ここでは黙っていた。夜毎に身を削っていることを思えば、無駄なことはしとうない。金にならんことは、だるいばっかしじゃ。

　とりあえずの年季が明け、きっぱりと足を洗うことにした。飲食代だ布団代だ化粧代だと差し引かれ、着物も作らされ、借金こそできなかったが、ほとんど手元には残らなかった。あるだけ、ましだ。それでいい。絶頂でも、どん底でもない。

　不実な男に夢中になったり、守銭奴と化した親に搾り取られたり、辛《つら》さを忘れようと酒や博打《ばくち》にみな注ぎ込んだ朋輩達に較《くら》べれば、どんなにいいか。無縁仏として投げ込み寺に葬られた女達も、大勢いる。足のない幽霊になっているか成仏したか、それはわからぬ。

よく混同されるが、占い師と霊媒師は違う。幽霊、物の怪《け》などは見えない。たまにふっと、見える気がするだけだ。これは見えても、銭にはならんという気がする。

ともあれ自分にはまだ死んでいないので足があり、神戸行きの列車には乗れずとも、行きたい所に歩いて行ける。

※

貸し座敷の娼妓という身分からは解放されたものの、ノリには家族も家もないのは変わりない。今さら孤児院にも戻れず、辻堂《つじどう》で寝泊まりもできない。

貸し座敷とは違う方角の、しかし同じ岡山市の色街にある料亭に住み込みとなった。ここでも、自分の物にはならない写真を撮られた。

注文を取って膳《ぜん》を運ぶが、男達に侍《はべ》ってお酌をする。客に求められれば、やや離れた堀沿いにあるそれ専用の宿に上がり、夜《よ》伽《とぎ》の相手もする。

「姐《ねえ》さん、慣れとるな。前職はなんなんじゃ」

「名門校の女学生じゃ。男を専門に学んだんよ」

「でえれえ、やっちもねえ。おもしれぇ姐さんじゃな」

それが目的で来る客も多いというより、大半がそれだ。が、あくまでも二人で寝床に入るのは店に強いられていることではなく、当人達の自由恋愛であるとされた。だからここでのノリは娼妓ではなく、酌婦なのだった。

長雨がようやく上がり、しかし蒸し暑さは増した夜、なかなか羽振りのよさげな初老の男が若い男を三人連れてきた。彼らは二十歳になって徴兵検査に合格し、いよいよ出征が決まったという。

初老の眼光鋭い男は源次《げんじ》郎《ろう》と名乗り、差し入れ屋だと名乗った。未決で監獄に拘禁されている被告人に家族から頼まれ、食べ物などを差し入れる。

彼らの中には在監者の親族に、勝手に弁護士や警官のいうことを伝えたり、在監者の動向を知らせて礼をもらう者もいる。

なんとなく堅気ではない危うい空気は感じ取っていたが、客の金にきれいも汚いもない。

金は金、客は客だ。

「太政官布告から、逃れられることは無いで。娼妓が貸し座敷から逃げられんようにな。こいつとこいつは、常備軍の兵役に三年、行ったでな」

常備軍兵役の後四年間は、後備軍として戦時召集の対象とされる。十七歳から四十歳までの男は、国民軍の兵籍にも登録される。逃げられたとしても、逃げた先に極楽はない。

もっぱら、上座の初老の男がしゃべる。後の若い三人は畏《かしこ》まるが、煮魚や漬物を忙しく頬張る。まだ酒にも女にも、慣れていないふうだ。坊主頭に、ふと孤児院を思い出す。

「男に生まれるんも、大変じゃな」

「しかしな、姐さんよ。国民皆兵が原則というても、官庁に勤めとったり、医術の修業中じゃったり、二百七十円の代人料を納められたりしたら、常備軍兵役の免除者になれるんじゃで。ほんま、地獄の沙汰《さた》も金次第じゃ」

酌をしながらノリはつい、いってしまった。虎狼痢《コロリ》だけは、人を選ばんで、と。

「虎狼痢は、平等な抽選で選ばれるよ」

「いやはや、まったくじゃ」

若い三人も、苦笑いした。しかしノリは最初から、一人の若い男が気になっていた。どこかで見た、どこかで会《お》うた。漂ってくる、不穏な色気。

まさか貸し座敷の客か。その彼にも酌をし、じっと目を覗《のぞ》き込む。何かがさっと、目の端を横切った。中国山脈の、雪のような冷ややかさで。

「わしゃ、戦争よりきょうてぇ、怖いもんがある」

酒を呷《あお》り、その彼が居住まいを正した。そして酔いの所為《せい》なのかわからぬが、

「虎狼痢の不安と、日清《にっしん》戦争への恐れ。合わさって、様々な流言飛語が飛び交うとるが。姐さんご存じか。岡山のどこかに、人獣混合のものが生まれるらしいと」

「それ、ここで何人かのお客さんに聞いたわ。確か、件《くだん》」

人と獣が混ざっていて予言をするといえば、古くから件と呼ばれる存在がある。牛と人の混ざったものだ。ただ、今しきりに噂されているのは牛ではないという。ではなんだとなれば、誰も答えられないのだった。

そこで酔いの回り始めた若い男は、あっと叫んでノリの手を取った。

「あんた、ノリちゃんじゃろ」

孤児院にいた、あの子じゃ。互いに、小さく叫ぶ。

「やっぱり。あんた、小平さんか」

源次郎は、懐から紙入れを出し、小平に紙幣を握らせた。

「ほれ、幼馴染《おさななじみ》と隣の宿屋に行ってこいや」

その夜、二人は宿屋の二階に上がり、商売ではなく夫婦の契りを結んだ。寝物語にも、小平は予言をする物の怪の話をした。障子に映る影は、二人だけではない。何かがいる。

「生まれてくる人獣は、この世の七割方は死ぬと予言するんじゃないかといわれとる」

「嘘じゃ、嘘じゃ、そんなん」

ここには、箸《はし》がない。ノリは起き上がって小平の手を握り、指を筮竹《ぜいちく》のように揉《も》み、動かす。うちは予言はできんが、占いはできる。

「あんたは、死なん」

「ああ、絶対に戻ってくるけぇ。そしたら所帯を持つんじゃ」

※

小平が日清戦争に徴兵された後、差し入れ屋の源次郎が世話をしてくれることになった。

「わしゃ、あれの父親代わりでな」

源次郎は、小平が孤児なことは知っていたが、ノリも孤児で同じ孤児院にいたのを知るや、ならノリも娘のようなものじゃと近づいてきた。

「なんとはなしに、あんたも気づいておるじゃろうが。わしゃ、人にいえんこともいろいろとやってきた。でれえ、やっちもねえことをな」

差し入れ屋を始めたのも、自身が差し入れ屋の世話になったからだと言外に匂わせた。

「孤児院の偉い先生とは違うが、わしも気の毒な人や可哀想な子を助けることにしたんじゃ。わし自身のためにな。罪滅ぼし、功徳じゃ」

源次郎は、まったくの嘘はついていない。ただ、本当のことをすべていわないだけだ。

源次郎は、岡山市のやや外れにある借家を用意してくれた。元は馬小屋でも牛小屋でもない、元から人の家だ。平屋の小さな家は入ってすぐ土間があり、ちゃんとした畳の部屋が二間あった。風呂《ふろ》はないが、裏に便所はある。ノリにとっては、御殿だ。

「ここであんたは、小平を待つんじゃ」

これも源次郎の口利きで、客を取らなくてもいい近所の料理屋の女中になれた。ふっと昔のように、占いのようなことをしたい、ノリちゃんすげぇなと感嘆されたい気持ちが疼《うず》いたが、占って外して落胆されるのが怖い。

ごく平凡な、料理屋の女中として忙しく立ち働き、目の前の事だけに気を取られてもやもやとする先の不安を紛らわせているのが、今のところ最上ではあった。

最初は、小平がいない間は源次郎の妾《めかけ》にされるかと覚悟もしたが、違った。源次郎はいわゆる衆道、男色家で、囲っているのはしゅっとした青年ばかりなのだ。いつぞや連れてきた三人も皆、そのような気に入りなのだった。

小平は黙っているが、中でも小平は贔屓《ひいき》されているらしい。要するに源次郎は、とにかく小平を繋《つな》ぎとめておきたいのだった。

　といって、ノリに妙な対抗心や嫉妬《しっと》心も燃やさない。独特の嗅覚《きゅうかく》で源次郎は、自分にとって得になる女、敵にならない女、取り込める女を嗅《か》ぎ分ける。

ある晩、風呂屋から戻ってきて繕い物をしていると、ふっと懐かしい匂いがした。

「あれまぁ、どうしたことじゃろ」

いつの間にか、寝所にしている部屋に着物姿の小平が座っていた。まだ、日清戦争は終わっていない。大怪我で、送り返されたというのでもなさそうだ。

「ちょっと休憩をもろうたんじゃ」

　そんなことがあろうか。しかし、ノリは体が動かないのに気づく。手から着物が滑り落ち、自分の体からも着物は脱げ落ちる。

「あんた、ほんまに小平さんか。戸が開く音も、せんかったで」

「亭主を間違える女房が居るか」

　そして二人は、また夫婦の契りを結んだ。確かな小平の肌と匂い。遠くで、狼の遠《とお》吠《ぼ》えが聞こえた気がした。狼は塩を好む、と、ふと思い出す。

だからか。小平に、股間《こかん》を盛んに舐《な》められた。長い、ざらついた舌で。こんな舌じゃったか。気持ちええが、気持ちええと思うことこそが、恐ろしい。

　その後、腹が減ったというので、冷えた飯の残りを出し、とっておいた煮魚を囲炉裏の火で温め直した。箸を笊竹のようにすり合わせ、よし、良い目が出たと呟《つぶや》く。

すべてに小平は、塩を振りかけた。何もいうまい。何も、考えまい。

「ところで小平さんよ、真っ先にここへきて、源次郎さんとこには挨拶《あいさつ》に行っとらんのか。夜が明けたら、一緒に行こうか」

「いんにゃ、まだ、ええ」

小平はよく光る眼で、囁《ささや》く。やはり小平であって、小平でないような。

「わしが帰ってきたんは、内緒じゃで。でえれえ、やっちもねえことになる」

源次郎に会ったら早々に扱《こ》き使われる、まだちょっと休みたいで、というのだ。それもそうじゃな、ノリはとりあえず納得はした。

久しぶりに、小平と抱き合って寝るのは身も心も蕩《とろ》けた。ずっと、夢の中に狼がいたようだが。悪夢ともいい切れなかった。

ところが翌日、目が覚めると小平はいなくなっていた。

そうはいっても、旦那《だんな》さんのとこに行ったかと案じていたが、その晩は帰らなかった。

女のおる店に、飲みに連れて行ってもろうたか。面白くはないが、仕方ない。

しかし次の日も、小平は来ない。思い切って、源次郎を訪ねてみた。なかなかの構えの家に、確かに凛々《りり》しい若者を何人も住まわせ身の回りの世話をさせている源次郎は、快く迎えてはくれたが。

「あの、小平がここに来たじゃろか」

取り乱した様子のノリに、あからさまに病人を見る目を向けた。

「いや、小平はまだ帰れんじゃろ。一人だけ特別扱いで、船に乗れるわけがねぇぞ。まだ、あっちに居るぞ」

「じゃあ、うちに訪ねてきたんは誰じゃ」

「夢じゃ。なぁ、気持ちが不安になるんはわかるが、留守を守って踏ん張れ」

幽霊、という言葉を押しとどめた。小平が、戦死したことになってしまう。

ノリを馬鹿にするのではなく、源次郎は気の毒そうにいった。それで片づけるのが、穏当か。しかし源次郎は、不穏なこともいう。

「もしかしたら、小平によう似た者が闇の中に忍びこんできたか」

「でえれえ、やっちもねえ」

「ノリや、あんたが『小平か』と呼びかけたから、『そうじゃ』と答えて、それで小平と思い込んだんじゃないんか」

「いや違う、ほんまに小平じゃった」

好きな男を、間違えるものか。いや、人ではないものなら、間違わされてしまうか。

※

小平であって小平でない、小平ではないが小平としか思えぬものの夜這《よば》いの後、ノリは箸ではなく本物の筮竹を買い入れ、近所に住む占い師に簡単な手ほどきも受けた。断髪の男装で濁声《だみごえ》を上げる、年配の肥《ふと》った女占い師は、

「気に入らん客は、なんぼ積まれても最初から『見ない』と断りんさい。でえれえ、やっちもねえものが『見えん』というより誠実なんじゃで、それは」

何よりもそれを強調した。女占い師は、ノリのことは気に入ったから教えを授けたのだ。

辻堂《つじどう》で野垂れ死に寸前だった子どもの頃、娼妓《しょうぎ》の頃、酌婦だった頃は、目の前で金や食べ物を持っている者には何も断れなかった。それをいうと女占い師は、笑い声だけは女のそれを高く上げた。

「占い師はそれができるんじゃ。できることは、した方がええ」

自分のことじゃねぇからと、ひっそりと日清戦争の結末を占った。見事なほどに勝ちのそれが出たが、どうにもノリは心は弾まなかった。小平の無事は、怖くて占えない。それは、自分を占うことと同じでもあった。

新聞にも勇ましい記事は出ていたが、日本は清に勝利した。国中が沸き立った。戦死の知らせも多く届いていたが、生き延びた男達の帰りを待ちわびた。

「本物の小平が、もうじき戻るで」

まだ正式な夫婦ではないので、小平の帰還は親代わりである源次郎の許《もと》に届いた。

ノリは、本物の、と源次郎にいわれたことで、やはりあれは小平ではなかったとの疑惑も強くした。では何者かとなれば、もうそこから先は考えたくない。

広島の宇品《うじな》港に着いたと知らせが入り、さらに一日かけて小平は戻ってきた。生きた小平はやつれてはいたが、男ぶりは上がっていた。

「一年ぶりじゃが、百年会わんかったようじゃ」

「そうじゃな、一年はあっという間で、永劫《えいごう》のようじゃった」

「わしの夢は見たか」

「……見たような、見んかったような」

それでもうノリは、あんた一晩だけ帰ってきたじゃろ、とはいえなくなった。

二人は源次郎の世話で、源次郎宅の座敷で慌ただしく祝言をあげた。自分が白無垢《しろむく》を着られるとは、これも自分では見通せなかった夢で、ノリはずっと泣いていた。

だから、忘れていたのだ。女の月のものが、しばらく来ていないことに。

吐き下しをし、ふらついて寝込み、もしや虎狼痢かと恐れたが、

「ノリよ、医者ではなしに産婆《さんば》を呼べや」

小平に耳元で囁かれ、ノリは久しぶりに中国山脈の雪を目の端に捉《とら》えた。

産婆を頼めば、やはりノリは身ごもっていた。小平は涙ぐんで喜び、

「戦勝の子じゃで」

などと、満面の笑みを浮かべていたが。小平がいない間、孕《はら》んだであろう時期と産み月を産婆に勘定され、さらに吐いてしまった。

確かなる夫の小平ではなく、あの不気味な得体の知れぬ小平の姿をした小平。あれと交わったときに出来た子だ。

あの謎めいた小平の姿をしたものと交わった時期、ノリは他の男とは情を交わしていない。もはや、別の男達とやっておけばよかった、くらいの気持ちになった。

少なくとも生まれてくる子は、小平の子ではなくても人の子には違いない。

さすがに、堕胎したいとはいえないし、ノリもそれは大いに躊躇《ためら》いがあった。誰の子であろうと、母親は自分には間違いないのだ。

これはもう、何食わぬ顔で小平の子を待ちわびるふりをし、早産を装うしかない。

産婆に孕んだ月や産み月を誤魔化してほしい、口裏を合わせてくれ、などと頼めば、後で要らぬ揉《も》め事を招くだろう。

人に恨みは買わぬほうがいいし、弱みは見せない方がいい。

小平は無邪気ともいえるほど、生まれて来る日を何度も数えている。ますます源次郎から与えられる仕事に打ち込み、わしらの子にええ生活をさせるんじゃと張り切る。

「わしら、早《はよ》うに親と別れたからな。この子は、可愛い可愛い、と育てちゃろう。親子で列車に乗って、神戸に遊びに行ったりもしてぇな」

ほんまは、あんたの子じゃあない。化け物に孕まされたんじゃ。

などと、どうしていえようか。不貞を打ち明けるというより、頭がどうにかなったと心配される。そして気になることは、まだある。

人と獣の合わさった化け物が生まれ、予言をするという噂話だ。

未《いま》だ、根強く囁かれている噂だ。もうそろそろ生まれるか、生まれたか。ではどこにその化け物がいるか、どんな姿をしているかとなれば、誰も答えられない。まさか。もしや。

「うちが、産むんじゃなかろうか」

言葉にしていうことは、できない。あの男装の占い師の許に行くのも、躊躇われる。ときおり夢に見る父や母や弟に、助けてつかあさいと、つぶやくのみだ。

※

月満ちて、ノリは子を産んだ。初産にしては、安産ではあった。夫であろうと、産室に男は入れぬ。小平は気を揉みながら、土間で産声を待っていた。

納戸に三十三束の藁束《わらたば》を積み上げ、もたれかかって産む。毎日一束ずつ取り除《の》けていって、三十三日目に何もなしで仰向《あおむ》けに寝られる。

その日、産の忌みが明ける。他人にも、赤子を見せられる。

産声が響いたとき、襖《ふすま》の向こうで小平も雄叫《おたけ》びを上げた。声なき悲鳴を上げたのは、ノリと産婆だ。あんまりな子だった。でえれえ、やっちもねえと産婆は叫んだ。

男児であるのはこの御時世、喜ばしきことであるはずだ。しかし、我に返った産婆が無言で、まだ目も開かぬ子の首に手をかけていた。

「やめてぇな、こらえてつかあさい、助けてつかあさい」

ノリは死に物狂いで起き上がり、産婆の手を押さえた。いろいろな姿の子を見てきて肝の据わっているはずの産婆もしばし、気が遠くなって崩れ落ちたほどだ。

赤子が明らかに普通の子でなかったときは、産婆がそっと始末する。それは暗黙の了解だった。殺人罪に問われたりはしない。誰が悪いのでもない。子にも罪はない。巡り合わせ、まんが悪かっただけじゃ。

食うや食わず、その日の口を糊《のり》するのに必死な者ばかりの世で、兵隊に行けん、子を産めん、田を耕せん、そんな子を育てる余裕はない。

ノリの産んだ子はまったくもって健康ではあったが、その前に人ではなかった。

気を取り直した産婆は産湯の湯気の向こうで、顔を歪《ゆが》めている。

「旦那《だんな》さんを呼ばれるか。旦那さんが、なんというか」

つい仏心や躊躇いが出て、可哀想な子を生かしてしまったとき、なんで黙って始末してくれなんだ、そう怒り恨む親やその縁戚《えんせき》も少なからずいるのだ。

「ええ、この子はうちの子じゃ」

我が家の子であるといいたかったのか、自分だけの子であるといいたかったのか、ノリにもわからなかったが。

子の出た後に、後産といわれる胎盤が出てくる。これは古来、玄関前の土の下に埋めるものだった。男なら内側に。女なら外側に。男は生家を出て行かず、女はいずれ出て行くからだ。

その上を最初に踏んだものを、その子は生涯に渡って恐れるという。だから犬猫や蛇に踏まれぬよう、父親などに踏んでもらうものだ。

産婆が後産を桶《おけ》に入れ、黙って土間に降りて行った。小平と何やら言葉を交わしている。聞こえない。ノリは束の間、気を失っていた。

産婆が玄関の内側に後産を埋め、戻ってきた。なんともいえぬ顔をしている。産湯もそこに捨ててきており、生臭い内臓の臭いというより、激しい獣の臭いがしていた。

「物の怪《け》に踏まれんよう、わしが跨《また》いだ。父親のいうことを、よう聞く子になる」

ひょっこりと産婆の後ろから顔を覗《のぞ》かせた小平は、ノリの抱く子にしばらくぽかんとして立ち尽くしていた。あらかじめ産婆に覚悟なされよと釘《くぎ》を刺されていたようだが、それでも青ざめていた。ノリはひた、と小平を見据えた。

始末しろといわれたら、この子を抱いて逃げるつもりだった。

「可愛いがな」

小平の言葉に、ノリは手放しで泣いた。赤子もノリの腕の中で、旺盛《おうせい》な命を歌う。

「なぁノリよ、どんな子でも神様の子じゃと、孤児院の石井先生もいうとったじゃろ」

ほんまに、あんたはこの子を自分の子じゃと信じとるんか。

「兵隊に行けん、子を産めん、田を耕せん、そんな子でもか」

あんたの子じゃないとだけは、この期に及んでもどうしても口にできない。ふと、ノリは言葉にはしないまでも、小平の胸の内というより裏側が読めた気もした。

帰郷した夜に孕んだ子にしては、早めに生まれた。ひょっとして別の男の種ではと、疑念が過《よ》ぎりもした。自分の子が異形のものである方が、小平は忌避したいことであるから、むしろ自分の子ではないとした方が楽になる。

「いや、この子は普通の子のようにはできんことが仰山あっても、普通の子にはできん別の何かができるかもしれんじゃろ。ノリも不思議な力があるんじゃし、わしも強運じゃ」

ああ、ほんまにこの人はこの子を自分の子じゃ、可愛い息子じゃと信じてくれとる。

ノリは小平の胸の内を勘ぐったことを恥じ、再び手放しで泣いた。

「人の姿をしてのうてもか」

それでもノリは、まだ呻《うめ》く。あんたの子じゃのうても、うちの子には違いないんじゃ。

「人が産んだら、人の子じゃ」

小平は心底から自分に惚《ほ》れていて、子どもも二人の子には違いないから、どのような姿でも石井先生仕込みの愛でもって受け入れることにしたのか。

わからない。本当のことなど、占い師にも当人にもわからない。人の心も変わる。占いの結果は不変ではなく、三か月ほどで変わるとあの女占い師もいっていた。しかしノリはもう、今目の前にいる小平を信じるしかないのだ。

さっそく、源次郎に知らせた。話を聞いた源次郎は、子捨てと子拾いの儀式を執り行う気満々で乗り込んできた。呼び名の由来はわからぬが、拾った方はカナ親、拾われた子はカナ子となる。義理の親子の契りだ。

岡山では古来、次々と死産や赤子の内に死ぬ子が続いたとき、あるいは病弱に生まれついているのがわかったときなど、わざと捨て子にした。

それはあらかじめ、みんな示し合わせてある。捨てたという体にした子を、拾ってくれるよう頼んだ人が拾い上げ、

「子を拾うた。よう乳の出る親に育ててもらおう」

というようなことをいい、本当の親に戻す。

地域によって、赤子をいったん連れ帰って着替えさせてから元の親に戻すところも

あれば、ただちょっと抱いてから戻すだけのところもある。拾う親は有力者、子がみんな丈夫に育っている親、といった辺りが選ばれた。小平とノリは実の親がいないので、源次郎はカナ親でありつつ祖父の代理でもあった。カナ親はカナ子に褌《ふんどし》や腰巻を送り、カナ子はカナ親の棺《ひつぎ》を担ぐ。すでに源次郎の中には、金儲《かねもう》けの深謀遠慮が確かな愛とともに渦巻いていたようだ。ノリが孤児院にいた頃から、占いができる子といわれていたのも小平に聞いていた。

　これは、ありありと透けて見えた。

「でえれえ、やっちもねえ。じゃが、大したもんじゃ」

　カナ親である源次郎が、赤子に名前も付けてくれた。

「狼太郎と書いて、ろうたろう。これ以上の名前は、なかろう」

　まさに名は体を表すで、他の名前が思いつかない。

「これはな、虎狼痢《コロリ》の蔓延《まんえん》を止める狼神様の使いぞ。いや、この子が狼神そのものかもしれんじゃろ。噂に名高い人と獣の子は、これぞ」

　そうなんじゃろうか。ノリは、狼太郎を抱きしめる。ともあれ、ノリがいつぞや口走った小平のような男が来た、というのを源次郎は忘れたふりをしている。

　ノリも、もう二度とあれは口にしないと誓う。言葉にすれば、あいつがまた小平のいない隙に、小平のふりをして来そうだ。

※

狼太郎は目をつぶって抱きしめれば、人の形をしていた。

しかし全身をくまなく黒い強い毛に覆われ、鼻と口元が極端に飛び出しており、耳が大きく尖《とが》って立っていた。横から見ればまさに狐狸《こり》か犬、いや、狼だった。

すでに白い牙《きば》が生えていたが、母の乳首を傷つけぬよう巧みに乳を飲んだ。その乳房にしがみつく姿などは、普通の赤子と変わりなく、いじらしい。

ひっそりと、狼太郎は育てられた。泣き声は人間の子と同じで、ランプの消えた暗い部屋にいれば、三人はごく普通の親子だった。

「源次郎さんがすべて、うまいことしてくれるて」

「カナ親じゃもんなぁ」

源次郎は、狼太郎を虎狼痢に霊験あらたかな狼神に仕立て上げようとしている。狼太郎の姿を聞いた瞬時に閃《ひらめ》いたか、目の当たりにしてその思いを強くしたか。

それがひたすら金儲けのため、割り切った詐欺商売ともいい切れなかった。

相手を見て吹っ掛けたりもするし、賄賂《わいろ》で嘘を流したりもするらしいが、その差し入れ屋にしても、なんとか親の負担を軽くしてやりたい、少しでも囚《とら》われ人を励ましてやりたい、その言葉に偽りはないようだ。

自分は世のため人のために尽くしているとも、本気で信じていた。孤児院の先生は本当に私利私欲なしでやっているようだったが、私利私欲が混ざっているだけで、岡山の誉れたる石井先生と心根は同じだなどと、小平も真顔で口添えする。

「口がきけるようになったら、ほんまにこの子は予言ができる」

どのくらいの割合で本気なのか、ノリには測りかねる。それをいえば小平がどのくらいの割合で、心底から源次郎を信じているのか。ひいては、ノリについてもだ。本当に狼太郎を、自分の子と信じているのか。

「それまではノリよ、お前が口伝えをするんじゃ」

「うちは、占いは少々できるけど、予言はなんか違うで」

「できるじゃろ、母親なんじゃけ」

岡山にいっとき大いに流布された、件《くだん》とは違うが人と獣の混ざった子が生まれて予言をする話。その子は生まれたのか、どのような子なのか、続報がない。

「予言をする、人と獣が混ざった子が生まれる。それがついに生まれた。人の姿ではないが、神々しく愛らしい姿をしているそうだ」

という話が、ぼちぼち広まり始めていた。勿論《もちろん》、そのような工作が得意な源次郎が広めて回ったのだ。化け物といわせないのは、虎狼痢の救世主であると添えたためだ。

小平の子であるのは隠し、小平も差し入れ屋を手伝いながら地道に神様が生まれたらしいという噂を広めていった。自分の子は、病弱じゃと付け足しておく。

狼太郎の姿はまだまだ人目に晒《さら》すなと、源次郎に念を押されていた。源次郎は手早く産婆にもいくらか握らせた上で、普段は極力隠している強面《こわもて》ぶりも露《あら》わにし、口外するなと頼み、いや、脅していた。

「今は虎狼痢も、やや下火になっとる。またぞろ大いに流行し出す頃まで、神様は奥深くに隠しておくんじゃ」

近所周りでノリが身籠《みごも》り、産んだことは知られていたが、病弱に生まれついて寝たまんまじゃといっておいたので、見に来る者もいない。誰も、噂の子がいるとは思わぬ。元よりノリも小平も、親兄弟に親戚《しんせき》もいないのだ。小平の周りの者はみな源次郎の息がかかっているから、何かいい含められれば黙っている。

我が子を愛することと、我が子で儲《もう》けたいことは、矛盾しない。

当の狼太郎は大人しい、手のかからぬ子だった。乳をよく飲み、よく動いた。見た目を除けば、普通の赤子と変わりない。黒々とした目は、人の子よりも愛らしい。

ときおり、何もない闇の一点を見つめている。これは狼太郎に限らず、すべての赤子がすることだ。ウブの神があやしとる、といわれている。

「何が見える。中国山脈の雪か」

赤子の頭は骨がまだ固まっておらず、軟らかいところがある。ここの髪は、剃《そ》らぬことになっていた。ウブの神が、赤子が危ないとき、ここをつかんで助けてくれるという。

ならば狼太郎は、危機には全身を神様に摑《つか》んでもらえる。

七夜までに産毛を剃ると、濃い髪の毛がはえるともいわれていた。しかし狼太郎は、すべてを濃い毛で覆われているのだ。

そして生まれた子は、まずは襤褸《ぼろ》布《きれ》に包まれる。生まれる前から着物を用意すると、赤子が弱くなるといわれた。生まれてから、赤子の着物は縫ったものだ。

ノリは孤児院で習ったから、簡単な縫物はできる。母は、できなかった。そんな母が恋しい。父も恋しい。弟も。だが父も母も弟も血の繋《つな》がった狼太郎を見れば、なんという。

「ノリは子どものときから、ちょっと変わった子じゃったから、というてくれるか」

しかし狼太郎は、毛に覆われて常に暑いのか、身に着けるものをすべて嫌がった。襁褓《おむつ》は仕方ないが、常に裸でいたがる。

幼い陰茎は隠れているが、見るたびにあの夜を思い出す。

※

姿が変わっているだけで、狼太郎は普通の子と同じように育っていった。這《は》って動けるようになり、思いもよらない遠くまで行ってしまってノリを慌てさせた。

狼は夜行性だからか、日中はずっと雨戸を閉めた家の中で寝ていて、夜中に元気になって遊びたがる。土間を這い廻《まわ》っていればいいようで、外には出たがらない。常に家の中にいるから、外の世界があるとは知らない。この世の人は父と母とたまに来る源次郎だけ。そんな閉ざされた世界の外は、疫病と戦争がある。ノリも閉じこもっているのが、平穏でぬくぬくとしていていいと感じ始めていた。

小平は差し入れ屋として、源次郎の片腕になっているようだ。闇の社会の者とも警察関係者とも親しくなり、様々な人脈を広げている。

「狼太郎が伸び伸びできる大きな部屋が欲しいけぇ、もっと稼ぐで」

稼いでくれる期待をかけて、我が子としているだけか。その疑いが湧くたび、出産直後に小平がかけてくれた熱い言葉の数々を思い出す。小平にとって狼太郎は我が子じゃから可愛い、それが芯《しん》にあるんじゃ、ありがたいと、ノリはどこの神様より小平に祈る。

そんな平穏かつ不穏な日々の中、初めて狼太郎に対面させたいという者が現れた。無論のこと、源次郎が連れて来たのだ。

狼神の噂は広まっているが、まだ虎狼痢は感染が爆発してはいない。その繋ぎといっては何だが、狼神様は疫病だけに効くのではない、というのも実績を作っておきたいとのことだった。カナ子は、カナ親に従わせるしかない。

雨戸も締め切って昼間でもランプを灯《とも》した部屋で、その夫婦と対面した。五十絡みの小川《おがわ》夫婦はともに色白で面長の公家《くげ》顔で、いい着物を着ていた。ほとんど力仕事をしていない、柔らかい手をしている。

「ノリの頭に浮かんだことを、いやあええんじゃ」

先に源次郎に、そういわれていた。何かいえば一つは当たるし、外れても責任は持たんでええ、なんとでもこじつけられるし、言い逃れはできると。

「だいたいな、占いじゃ霊言じゃ、そういうもんを求めてくる者は、安心と不安のどちらも欲しいんじゃ。完全な解決は求めとらん。安心と不安の割合は、人による。じゃけど、どちらか一方だけを求める者はおらん」

客商売をしていたときも、なんとなくそれは身についていた。惚《ほ》れた、惚れられた。好いとる、他の男にも心を移しとる。その割合は、人によって違った。周りの色恋沙汰《ざた》を見ていても、五分五分はなかった。六対四、七対三くらいであれば揉《も》める。八対二や九対一で片方の思いばかりが強ければ、逆に揉めない。完全なる主従関係になるし、もはや生きる術《すべ》や金のためと割り切れもするからだ。

いずれにせよ小川夫婦は手広く呉服店や旅館、質屋に料亭と商いをし、豪邸で使用人に囲まれている人種だった。本来は、ノリ達と交わることは無の間柄だ。

息子は大金を払って徴兵を逃れて店を手伝い、これは何も心配のない優れたる跡取りであるという。小川夫婦の心配事は、鞠枝《まりえ》なる未婚の娘であった。ノリと近い年頃だそうだが、その半生は違い過ぎた。

一度も学校というところに行ったことがない、孤児院で簡単な読み書きだけ習ったノリからすれば、人力車で女学校に通ったなど、異郷どころか異界の話と人物であった。

実物に会うまでもなく、親を見れば美しい娘だとありありと姿も見えた。親の欲目や周りのお世辞、お追従ではなく、鞠枝は箱入り娘でなければ東京の人気芸者にもなれるだろうに、といわれるほどの垢抜《あかぬ》けた容姿を持っていた。

本人も充分にそれを知っていて、田舎の素封家に生まれたことを喜ばず、嘆きの種にもしているという。並みか並み以下の家の子であれば、大阪や神戸、東京に飛び出して人気の芸者や女優となり、おもしろおかしく華やかな暮らしができた、と。

なまじ家がいいばっかりに、ひたすら大人しゅうして岡山の似たような家の好きでもない坊ちゃんに嫁がにゃならん、と。

あまりにもかけ離れすぎていると、妬《ねた》みや憎しみはわかず、癪《しゃく》に障るといったこともなく、どこにどう生まれようと不平不満はあるもんじゃと、何やら毒気を抜かれた。

「しゃあけど、悪いんは娘じゃないんですらぁ」

その鞠枝が女学校を出て早々に見合い話を持ち込まれたとき、ひどくふさぎ込んだかと思えば狐狸《こり》が憑《つ》いたかというほど騒ぎまわり、つまり気の持ちようがおかしくなった。

そして親に、泣いて頼んだ。

「小川の娘として、絶対に悪い方に足を踏み外すことはないけん、東京の女学校に行かせてつかあさい。一生、東京に居るとはいわん。芸者になぞ、なるわけなかろう」

「楽しんだら岡山に戻って大人しゅう嫁にも行くし、模範となるべき人となるから」

夫婦は打ち合わせでもしていたかのように、交互に娘の口調で語った。

折れた親は、しっかりした縁戚《えんせき》の持つ東京の貸家に鞠枝を住まわせ、大家をお目付け役とし、東京の女学校に再度の入学をさせた。

鞠枝は岡山ではさほど勉学には励まなかったのに、東京では文才を発揮し、短歌や俳句だけでなく評論や小説も書き、高名な小説家に誉《ほ》められもした。やんごとなき御方の前でも朗読の栄誉にあずかり、それは新聞にも出たという。

「あの頃が、娘の絶頂じゃった」

親もその頃は有頂天で、美にも才にも富にも恵まれた娘は我が子ながら、歴史に残るような偉人、女傑になるかもしれんと夢想した。とはいえ、やはり卒業したら戻ってきて岡山の名家に嫁いでほしいのは変わりなかった。

ところが、しばらくして大家からも女学校の校長からも、早急に娘を引き取れという電報が来た。仰天して夜行列車を乗り継いでいけば、鞠枝は異臭漂うごみだらけの部屋にうずくまり、痩《や》せこけていた。

「最初、娘とわからんかった」

「わしらにも、摑みかかってきたんじゃ。枯れ木のような手で」

娘は妄想とも夢ともつかないことを錯乱気味に語るだけで、周りの者から聞いた話をまとめて解釈すれば、いろんな色男に入れあげ、それがことごとく破れたらしい。

鞠枝は東京で人気の絵描きや作家や詩人と交流し、彼らがこれは本当に鞠枝のことを素材とした作品を作り出した。その男達と次々に、恋仲にもなった。鞠枝は東京の芸術家達の、美と創作の女神にもなれたのだ。

しかし彼らは、鞠枝一筋にはなってくれず、他にもそんな女達がいた。彼女らは遥《はる》かに洗練された物腰と美貌《びぼう》で、都会育ちの華やかさ粋さを振りまいていた。賢く綺麗《きれい》といっても岡山から出てきた純朴な小娘は、競合相手といえる女達と較《くら》べられることも負けることも、耐えられなくなった。

「彼らに次々と、その、いいとうないが色餓鬼のように付きまとうて、言葉に出すのも憚《はばか》られる奇行に走ってな。警察沙汰にもなった」

「ついに、誰からも避けられるようになったんよ。本人だけが、それを認められん」

縁戚の大家だけが最低限の世話はしてくれたが、朝から晩まで監視はできない。鞠枝は衰弱しているのに獣のような凶暴性も発揮し、暴れるからだ。

なんとかなだめて、岡山に連れ戻した。そうして今まで鞠枝が使っていた陽当たりのよい広い部屋ではなく、昼も暗い庭に囲まれた離れ座敷、つまりは座《ざ》敷牢《しきろう》に入れた。

どうにか見た目は元に戻りつつあるが、心の中が歪《ゆが》んで壊れたままだという。

「今までは、ほんまに関係のあった男どもを『もうじき迎えに来る』『あの女と別れて、うちに戻ってくる』というようなことばっかし、いうとったんですが」

「いつの間にか、どこにも居らん絵空事や講談の本、活動写真に出て来る西洋の役者なんぞを、自分の情人じゃ許婚《いいなずけ》じゃと信じるようになってしもうた」

ノリと小平と源次郎が並んで座り、分限者の夫婦と向かい合っている。ノリ達の背後の蚊帳《かや》、その向こうに狼太郎が寝ている。まだ、姿は見せない。

これは医者に見せるべきじゃ、というのが正しいのであろうが、それでは源次郎やノリの商売が成り立たぬ。小川夫婦もなまじの名家だから、乱心している娘がいると噂になるのは商売上も困るので、医者を呼ぶことも入院させることもできないのだ。

「朝から晩まで、帳面に訳のわからん文字や絵を書いとる。男への通信じゃと。亜米利加の大統領に、手紙を書いたりもしとる」

分限者の夫婦は自嘲《じちょう》も交えているのか、ただひたすらに現状を述べているのか。

「いや、実は医者にも、こそっと診せたんじゃが」

「どうにもならん。薬が合わんのか、余計に悪うなったりする」

ちらちらと、夫婦は蚊帳の向こうを気にしている。ずっと大人しくしていた狼太郎がもぞもぞ這《は》い廻《まわ》り、声を出し始めたからだ。

「そいでな、娘が、今は毎晩のように通うてきてくれる男がおる、というんじゃわ」

まだ色香の残る妻が、天井の方の暗がりを見る。

「そんな訳、ねぇわ。あの離れに、易々《やすやす》と余所《よそ》者は入って来られん。いつも乳母に婆やに使用人がおるし、誰一人そんな男は見とらん」

「しゃあけど、何かが来た気配は皆、感じとる。わしらもじゃ」

そのとき、蚊帳の向こうから確かな狼の遠吠《とおぼ》えのような声がした。

「ああ、あれじゃ、あれよ、あれを、うちらも聞いたんじゃ」

「山の狼かとも思うたが、もっと近いところで聞いたんじゃ」

ついと立ち上がり、ノリは蚊帳の向こうに行く。そして、むき出しにした狼太郎を抱いて出てきた。夫婦は、座ったまま固唾《かたず》を呑《の》む。

「木野山神社の使いが、寄越してくれたんですらぁ」

狼太郎を抱き直せば、何やらノリの中に違う生き物の血が流れ込み、それが脈打ち温まるのを感じた。狼太郎は目を見開き、口を開けて舌なめずりした。

「もともと娘は、そのような性分に生まれついてしもうとる。現世に生きながら、魂がいつも異界に彷徨《さまよ》うとる」

ノリは己の考えや言葉が狼太郎の口から出ているのか、狼太郎の考えや言葉が自分の口から出ていくのか、わからなくなっていた。

「治してこの世に引きずり戻す方が、娘の命を縮めてしまう。命を長らえさせたいならば、今しばらくそのままにしておくしかない」

※

狼太郎の姿を見せつけられ、小川夫婦は怖気《おじけ》づくのではなく、これは本物の神様の使い、否、神そのものと度肝を抜かれたようだった。

それとは別に、これは無料でしてあげますらぁと筮竹《ぜいちく》を使って簡単な失《う》せ物探しをしてやり、旦那《だんな》の方の女関係をいい当てて揉《も》め事の解決の糸口を見つけてやると、小川夫婦はノリのことも信じ込んでしまった。

ノリはそれこそ学校は行っていないが、辻堂《つじどう》から始まって孤児院、貸し座敷、料亭と生々しい大人達の裏も表も見せつけられ、霊感などなくてもあれはこうなる、それはどうなる、というのを勘づけ、推察できるようになっていた。大店《おおだな》の主人とその妻といっても、表や大通りばかりを歩いてきた人種とは、物の見方が違う。その辺り、源次郎も師匠ではあった。

源次郎の上手《うま》い口もあり、これからもよろしゅうにと帰っていった。かなりの金も貰《もら》ったが、おそらく半分以上は源次郎が抜いているであろう。それは構わない。源次郎がいてこその商売であり、なんといっても狼太郎のカナ親だ。

それからぼちぼち、秘密裏に仕事は入ってきた。ノリは狼太郎を抱いていると、自分のではない考えや景色が閃《ひらめ》く。そして、勝手に口が動く。

高名な漢学者の死、中国鉄道の起工。列車の火の粉で、あの町に火事が起きる。

金持ちの来訪者は、狼太郎の姿をいい触らしはしないと約束したが、人の口に戸は立てられぬ。ゆるゆると、噂は広がっていく。

一気に爆発、拡散しないのは、彼らも狼太郎の許《もと》に相談に行ったことはあまり知られたくないからだ。怒りに触れて虎狼痢《コロリ》に罹《かか》るかもしれぬ、そんな恐れもあった。

「生身の男は、娘さんにとって獣以上の獣じゃ。遠ざけなされ」

小川夫婦は、ときおり訪れる。娘の具合は一進一退、というところらしい。

「医者であれ、男は遠ざけることじゃ。娘さんが男とは見做《みな》さん、爺《じい》さんなら良し」

実際、大したことは告げていない。ただ生き延びるために培った話術で幻惑し、もっともらしいことをいっている、ずばり当てていると錯覚させているのだ。

あの男装の占い師も、いっていた。外れても、こっちを信じ込んでいる相手は自分で自分を納得させ、形は違うが当たったといってしまうと。色恋に蠢《うごめ》く男女も、同じだ。

「実は、人獣混合の予言をするものが生まれると、最初にいい出したのはわしなんじゃで。わしを信じ切る者が、さらに膨らませていいふらした」

偶然に町なかですれ違った男装の占い師に挨拶《あいさつ》したら、笑いながらそういわれた。冗談めかしていたが、事実なのかもしれない。

いずれ金を貯めて狼太郎のために、堅牢《けんろう》な家を買いたい。最初から金に恵まれていた鞠枝も豪奢《ごうしゃ》な屋敷の奥深く、囚《とら》われている。檻《おり》の中のものとしては、家の外観が屋敷でもあばら家でも同じことだ。

そうこうするうちに、狼太郎は一歳を迎えた。今もって、歩くことはできない。這うことはできる。というより、獣のように這いつくばって素早く進む。骨格は人のものだから、足を曲げて足の裏で進む。尻尾《しっぽ》も立派になり、感情でそれは動いた。しゃべれぬ狼太郎は、尻尾で会話する。

ときおり、目覚めると狼太郎がいないときがあった。捜すと、ふっと現れる。

「月を見て、吠《ほ》えとるんじゃ」

隣に寝ている小平は、暢気《のんき》なものだ。何か寝言を呟《つぶや》くのを、聞かないようにする。

あんたはもしや、この世で一番好きなんはうちじゃなしに、源次郎さんじゃないんかな。

自分はやっぱり、占えない。

そしてまた、小川夫婦がやってきた。いつものように源次郎を通さず、いきなりだ。

「つかぬ事をうかがいますが、お宅の狼の神様は、出歩いたりはせんですよな」

夫婦揃って、青ざめていた。ただ事でない空気の動きを感じ取り、ノリは狼太郎を奥の部屋に置いたまま、連れ出さない。

「うちの狼太郎は、まだ歩けんですらぁ」

夫婦がいうには、男が訪ねてきている、つまり鞠枝に夜這《よば》いをかける者がいるというのだ。それは尋常ではない者で、人ではない、と。背後に、狼太郎の息遣いを感じる。狼太郎は、話を密《ひそ》かに聞いている。

「娘の部屋には特別に扉をつけて、頑丈な鍵《かぎ》もつけとります。開け閉めするんは、娘が赤子の頃から世話をしとる乳母じゃ」

「鞠枝には直には会わせんが、周りには屈強な下男がおるし、交代で泊まらせもしとる」

にもかかわらず、鞠枝のもとに男が来ているとか。

「それが、姿を見た者はおらんし。扉も開けず、誰の目にもとまらず、娘の寝床に潜り込んどるんよ。ただ」

狼の遠吠えと、獣の臭いと、布団に残る獣の毛、そして下男達は闇に光る眼を見たという。裸に剝《む》かれた娘は、生々しく全身にある情交の痕跡《こんせき》を見せつけたとも。

「もしやお宅の狼の神様が、うちに来たんじゃないかと」

妻が身を乗り出して甲高い声を上げたとき、狼太郎が、這い出てきた。人の赤子のそれとは違うが、手と足で這って進む。

「ご覧のように、この子はまだ歩くこともできんのじゃわ」

膝《ひざ》に抱き寄せると、狼太郎は仔《こ》犬《いぬ》のように鼻を鳴らして甘えた。ノリの乳房を探し、くんくんと首と尻尾を振る。考えは、なだれ込んでこない。ノリは自身の考えで、語る。

「当の娘さんは、なんとおっしゃっとるんですかな」

「それが、相変わらずでしてな」

夫の方は、落ち着いてはいる。警戒感と不信感、そして恐怖感はありありと漂わせつつ。

「娘は、相手は東京で交際した役者、色男の教師、有名な美男の小説家じゃ、などというんじゃが。妄想としても、何かが違う」

ノリはふと、心がどこかに持っていかれる寒さを感じた。中国山脈の雪が見える。

もしや自分を孕《はら》ませたものが、今度は鞠枝の寝床に忍び込んでいるのか。

それとも、この子か。人の子は、一歳では歩くのがやっとだ。歯が生えてきて、大人と同じものが食べられるようになるくらいにすぎぬ。

しかし獣は、一歳を迎えれば成体となる。産むことも、産ませることもできるのだ。その代わりに獣は、寿命が短い。十年くらいで、生涯を終える。

もしや自分を身ごもらせた獣は死に、代わりにこの子が。鞠枝の想い人の姿を取っては、夜な夜な鞠枝を弄《もてあそ》びに潜り込む、もしやうちの中にいるあれが。

「来月には、治まりましょう」

動揺を気取られぬよう、努めて厳かな声を出す。自分は予言も預言もできぬ。狼太郎がいったことを、繰り返すのみ。形ばかりの筮竹を、振るのみ。

「いや、来月には腹が膨らむ」

まさか自分の口から、そんな言葉が飛び出すとは。小川夫婦は無言で、しかし金は置いて出て行った。狼太郎は無邪気な黒い瞳《ひとみ》で、どこかを見ている。ウブの神様ではなく、中国山脈の雪を見ているのだ。今は毒虫の這《は》い廻《まわ》る、夏ではあるけれど。

それにしても、狼太郎はどこで鞠枝を見初めたか。そもそも自分が小平のふりをした狼に目を付けられたことも、なぜ自分なのかわからない。女なら何でもいいと物色していて、たまたま見つけたか。いや、前々から付け狙っていたのか。

そんなことをいちいち気にしていけば、人の世界も理屈ではない訳のわからないことばかりだ。小平より賢い子も、小平より美男もいた。けれど小平が一番いい。それはあちらもだ。孤児院には自分より器量よしも、優しい子もいた。

貸し座敷も料亭も、明らかな美貌《びぼう》の女より、なぜこれがという女が人気を得たし、その売れっ子が実に貧乏臭く粗暴な男に夢中になったりもした。

もっといえば、男がみんな女を好きとも限らない。源次郎のように、男を好きな男もいるのだ。それは何故かと問うても、本人も上手《うま》く答えられないし、答えなくていいのだ。

それからしばらくして、鞠枝がとんでもないことをしでかした。乳母の首を絞めて半死半生にした後で抜け出し、三日ほどあちこちを彷徨《さまよ》っていたのだ。

どうにか外見だけは無傷で見つけられたが、時すでに遅し。鞠枝は、虎狼痢に罹っていた。鞠枝は今度こそ病院に収容され、身籠《みごも》っていた腹の子も流れた。そして、そこから次の大々的な感染が広まった。

「稼ぎ時が来たで」

源次郎が乗り込んできたとき、ノリはぼんやりと狼太郎を抱いて座り込んでいた。神様じゃいうても、うちらの可愛い、か弱い子じゃ。

「小平さんが罹ってしもうて、寝込んどる。病院に連れていかにゃ、いけんかな」

まだ重症にはおちいってないが、このまま小平の感染を隠し通せることはない。もし悪化してしまったら、ノリは神様に等しい者を立て続けに失うことになる。

「なんちゅうことじゃあ、神様の親が」

源次郎が芝居がかった調子で叫んだとき、ノリはいっそう強く腕の中の狼太郎を抱きしめた。すでに、硬直が始まっている。それを小平にも知られたくない。神様ではなく可愛い我が子の死を知れば、生きる気力を失うだろう。

「気がついたら、この子も罹《かか》っとった」

しかし、もう源次郎は気づいている。無言で覗《のぞ》き込み、険しい顔をした。

「虎狼痢退治の神様の子が、虎狼痢で死ぬとはなぁ」

ノリは、力なく薄く笑う。助けてぇな、小平さんよ。あんただけが頼りじゃ。ノリは虚《むな》しい希望にすがりながら、声を上げる。

「しゃあけど、人の流行病《はやりやまい》で死ぬとは、この子は狼の子でも神様の子でもなしに、人の子じゃったんな。それはちょっと、うちらも嬉《うれ》しいわなぁ」

源次郎が何かいいかけたとき、隣の部屋からのっそりと、小平も強張《こわば》った顔で出てきた。

「いやそれ、わしの子じゃないで」

大《だい》彗《すい》星《せい》愈々《いよいよ》接近

それは確かに今様の、浦島太郎《うらしまたろう》という他ないのであった。

「しゃあけど、浦島太郎はなかろう。婆さん、いや、乙女じゃけん」

子ども達にいじめられていた亀を助けた漁師が、海の底にある極楽のような竜宮《りゅうぐう》城《じょう》に連れていかれ、麗しい乙姫《おとひめ》様の歓待を受ける。夢のような時は過ぎ、そろそろ帰りたいといえば、決して開けてはいけないと念押しされて玉手箱《たまてばこ》をもらう。

「乙姫さんは、最初から太郎を陥れてやろうと企《たくら》んどったんかのぅ」

元の浜辺に戻ってみれば、驚くほどの長い年月が流れており、家族も知り合いもいないというより死に絶えていた。

「意外とそれで清々する奴、しめしめ逃げおおせたぞと喜ぶ奴も居るかもな」

途方に暮れた浦島太郎は乙姫との約束を破り、玉手箱を開けてしまう。すると白い煙がもくもくと立ち上り、太郎は爺《じい》さんになってしまった。

「客から大金を巻き上げようと、甘い顔で手練手管を使う娼妓《しょうぎ》というよりゃあ、虫も殺さぬ素振りで旦那《だんな》の横暴に耐え、最後の最後に爆弾を投げつける貞淑な女房のようじゃな。いや、わしゃあ女に慣れておらず、結婚もしたことないんじゃが」

絵草子どころか、尋常小学校の教科書にも載っている有名なお伽噺《とぎばなし》、浦島太郎。

「いつの間にか時が流れたというより、どこかで時が止まっとったんでしょうな」

　世間が七十六年ぶりのハレー彗星《すいせい》の接近に沸き始めた二月、岡山の瀬戸内海沿岸にある小さな村は、もう一つの奇跡に沸いた。

　いや、ハレー彗星の接近は奇跡ではなく、大いなる自然の理《ことわり》、規則正しい天体の運行だ。

　ハレー彗星の接近よりも奇々怪々で不可思議な出来事は、竹内《たけうち》ヨシの帰還だった。竜宮城から帰ってきたのでもなく、ある意味もっと不可思議な異界から戻ってきた。

「これもハレー彗星の接近の所為《せい》、そりゃなかろう」

村の名家の一つに数えられる竹内家とはいえ、そこの十三になるヨシは良くも悪くも取り立てて何かある子ではなく、むしろ大人しい目立たぬ子だった。そのヨシが嘉《か》永《えい》六年、黒船来航の年に忽然《こつぜん》と姿を消した。

　手を尽くしても見つからず、親も泣く泣く諦《あきら》めて、死んだ者として弔った。そのヨシが実に五十七年の時を経て、またふらりと戻ってきたのだ。

　この浦島太郎は男ではなく女で、岡山一帯に配られる新聞『山陽新報』にも、ハレー彗星の記事とともに『浦島花子《はなこ》、五十七年ぶりの帰郷』との見出しが躍った。

「玉手箱を開けたんか、と思うたが。玉手箱を開けんでも五十七年が過ぎたら、誰でも十三から七十になるで」

浦島花子こと竹内ヨシが幕末にいなくなり、戊辰戦争《ぼしんせんそう》も維新も飛び越え、明治も四十三年を超えてから不意に戻ってきた話は、お伽噺ではない。

浦島太郎の実在は怪しいが、竹内ヨシには竹内ヨシたる証拠がある。ヨシの兄やヨシを知る者は存命で、ヨシの墓標までが竹内家の墓地にあったのだ。

備前《びぜん》の寒村は、いっときハレー彗星の接近を抑えてその話で持ち切りとなった。

「どこで、何をしとった」

「わしを覚えとるか」

ヨシは竹内家の離れに部屋をあてがわれ、見物人がひっきりなしだった。新聞記者だけでなく怪しげな占い師や霊能力者、最新の精神医学の研究をしているという医者、同級生だった、幼馴染《おさななじみ》だったという者も訪ねて来たが、誰とも話は弾まない。

「わしゃ、なんもわからん。なんも、知らん」

ヨシ本人の口からは、新聞記者が書きたくなる話も、占い師達が尤《もっと》もらしい解釈を垂れることができる逸話も、幼馴染が涙を流す追憶も語られない。

「あんた、ほんまに竜宮城に行っとったんか」

「行っとらんよ、そねぇな処」

ヨシは幼馴染らの名前などは覚えていたし、村祭りだの虫追いだの川遊びだの、楽しく遊んだことなどいえば、思い出としてうなずきはする。

「うちはまだ、十三じゃ」

しかしヨシは、老人ではなく幼い娘のような表情で、戸惑いながらはにかみながら、家族の誰かの後ろに隠れる。特に、兄の孫にあたる幸吉《こうきち》の後ろに隠れたがる。その所作もまた、幼い娘のようなのだった。

幸吉とは五十近くも歳は離れているし、直系ではないが祖母と孫のような間柄だ。だがヨシは、家族の中で最も自分に歳が近く話が合うのは、幸吉と頼っているふうだった。

「幸吉つぁん、うちの代わりに皆さんにうまい返答をしてくれぇや」

五十七年もの間、どこで何をしていたか。ヨシはいっさい答えられないのだった。曖昧《あいまい》なことすらいえず、ただわからぬ、知らぬ、としかいえない。

生き地獄のような環境に置かれ、虐待を受けていたようにも見えない。そんなだったら、老人にはなれずもっと早くに死んでいただろう。

現れたとき襤褸《ぼろ》はまとっていたが、酷《ひど》い傷跡や虐待の痕《あと》などはなく、痩《や》せてはいるが木乃伊《ミイラ》のような痩せ方ではなく、それなりの暮らしをしていた風なのだ。

記憶がすべて消えてしまう病気があるとは知られていたが、わりと現実的なのは、人攫《ひとさら》いに監禁の上で嫁にされていたが、主人たる男が死んで放り捨てられた、というあたりだ。しかしヨシが途方もなく波瀾万丈《はらんばんじょう》な半生を送ったのではないかとも、皆は期待する。

だから新聞記者達は、ヨシの兄の孫である幸吉にもっぱら話を聞きに来た。

「わしからは、直系の祖母じゃあないというても、祖父《じい》さんの妹なんじゃけ。婆ちゃん、と呼ぶしかなかろうに」

近隣の者も新聞記者も、竹内家の父や祖父ではなく、若い幸吉の許《もと》に来る。

「しゃあけどヨシさんは、そう呼ばれるのを嫌がるんですらぁ。特に、わしからは。呼び捨てにもできんし、ヨシさんと呼んどりますで」

本来なら、ヨシがろくに喋《しゃべ》れないなら、ヨシその人をよく知る兄に聞くべきであろう。

「婆ちゃんといわれるのを、とにかく嫌がるんですらぁ」

しかし新聞記者など前にすると、注目されるのが何より好きな祖父と父は、わしはわしはと往年の武勇伝や今も燻《くすぶ》る野心に大望、そんなものばかりを語り、そちらを記事にしろと迫る。そして、肝心のヨシの話をしない。

「本人の中じゃあ、まだ時が止まっとるけえ。渋い地味な、いかにも婆さんといった着物を嫌がって、ほれ、あねぇな娘が着るような派手な縞柄《しまがら》を着たがるんですが」

若い幸吉は、父や祖父のような出たがりではない。近しい身内としても、一歩引いた村人の一人としても、筋道を立ててわかりやすく話し、記者に金品なども要求しない。

玄関の土間を入ってすぐの囲炉裏の間は、ヨシが帰ってきた春先には座るところがないほど常に新聞社の者や近所周りの者で一杯になり、襖《ふすま》を取り払って冠婚葬祭のときのような広間にしなければならなかった。

幸吉がまだ尋常小学校に入って間がなかった頃、竹内の家は村の分限者といえば筆頭ではないが五番目以内には入っていたから、新しもの好きで見栄《みえ》っ張りの祖父がいち早く電灯を付けていた。そのときも連日、村人でにぎわったものだが。

あまりの料金の高さとそれに見合わぬ故障の多さに、すぐ電気の契約は解除し、ただのガラス管となった電灯だけを飾り、瓦斯《ガス》ランプに頼った。それまで景気のよかった父の仕事も傾き始めていたが、電灯を消したのは故障の所為《せい》にしておいた。

「ありゃ、さすがこの家には電灯もあるんですな。ヨシさんは吃驚《きっきょう》されたでしょう。瓦斯ランプですら、驚異じゃったんと違いますかな」

記者らにいわれ、目が眩《くら》むような明るさ、夜中でも昼間のようだった電灯の光を思い出すと、今も幸吉の胸に白い炎は灯《とも》る。

しかしその電灯も、今は見栄のための飾りにすぎぬ。ヨシも、あまり関心を持たない。

「ハレー彗星は間近で見たら、電灯の何億倍なんじゃろうか」

　この嘆息も、ヨシの話の合間に記者に対し、いったい何度繰り返したことか。もはや長きにわたる人気芝居の舞台に立つ、役者の台詞《せりふ》みたいになっている。

「鉄道も自転車も活動写真も電話も、ヨシさんは特に驚かん。ふうん、という顔をするだけじゃ。色男の役者には、心が動くようじゃけど」

　これはいわなかったが、そろそろ女の月のものが来ると心配もしていた。やはり、どこか十三で止まっているところがあるのだ。

「おそらく、閉じ込められとった訳じゃないし竜宮城に行っとったこともなく、それらの文明開化のものも目の当たりにはしとったんでしょうな」

　直系の祖母ではないが、最も可愛がられている孫としても、幸吉が世話をしなければならない。どうも当のヨシは、男としても幸吉を好いているらしい。

　何せヨシは、見かけも実年齢も七十歳だが、心は十三のままなのだ。竹内の家で最も若い男は、幸吉だった。

　しかし肝心のヨシが何もしゃべらないとなれば、次第に新聞記者も野次馬の潮も引いていった。まるでヨシは、光らぬのに飾りとしておかれた電灯のようだった。

　ヨシがいなくなった嘉永六年には、まだ『山陽新報』もなく、戻ってきた明治四十三年の大事件は、なんといっても『大彗星《だいすいせい》愈々《いよいよ》接近』だったのもある。

「うちの婆ちゃん、いや、ヨシさんもハレー彗星の異変の一つである、とされたのを聞いたときは、さすがに苦笑いしとりましたで」

彗星の尾の毒で蘇《よみがえ》ったなどと、真顔でいい出す年寄りもいる。当のヨシは、宇宙の彼方《かなた》から来たとも、黄泉《よみ》の国から生き返ったともいわない。

高等小学校で仲が良かった一人暮らしの婆さんが、彗星を恐れて首を吊《つ》って死に、腐りきって見つけられたと聞いたときだけ、ヨシは昔を偲《しの》んで泣いた。

「ヤヨヒは勉強はようできたが、虫歯が怖いけん、先に全部の歯を抜いておけんかとか、そういうことをいう子じゃったのぅ。歳を取っても、変わらんかったんじゃな」

※

戻ってきたヨシと最初に会ったのは、竹内のぼんと呼ばれる幸吉だ。

当年二十三になるが、まだ中学生くらいに見られるときもある。中学はとうに卒業しており、今は村役場勤めだ。母の作る弁当を持ち、一日たりとて休まず通う。役場で出世したい欲もなく、いずれ議員にといった野望などもない。地道に給金を得ながら、暢気《のんき》に好きな本を読み芝居を観ていたい。

結婚したくない訳でもなく、女に関心がないこともないが、まだ自分には早い気がすると、見合いや引き合わせは断る。

「あんたほんまに、あの竹内の子なんか」

「それは誉《ほ》められとるんか、貶《けな》されとるんか」

「誉めとる」

田舎の農村には不似合いな、すらりと色白の役者顔である幸吉は、品行方正だという評判は間違ってはいない。だが明治より前に生まれた年寄り達からは、覇気が無《ね》え、今一つ男らしゅうない、もう隠居かともいわれていた。

「竹内の血が、薄まってしもうたか」

主な仕事は机に座って書類を書いたり整理したりなので、覇気や熱意は必要ないが、決まった時間に貰《もら》った仕事だけを淡々とこなし、真っ直ぐ家に帰って文芸誌を読んだり、たまに岡山市に活動写真を観に行ったりすることで満ち足りてしまっている。

その年頃の男にはありがちな、女の尻《しり》を追い回して揉《も》めるだの、男同士の喧嘩《けんか》で警察の世話になるだの、村祭りで羽目を外しすぎただの、いっさいなかった。それは、誉められたことではあるが。

ときに蛮勇が男らしさ、ときに羽目を外すのが「若者は地下《じげ》の花」とされがちな村では、何やらあいつはへなへなしとる、弱気のおんびんたれ、と誹《そし》られもする。

たまに親からもいわれるが、幸吉は受け流す。父や祖父、曾祖父《そうそふ》、話に聞くだけのもっと上の先祖、竹内のそういう男達にはなりとうない、ともいい返さない。

……あれは三月の初め、例によって定時に仕事を終えて家に帰ってきた幸吉は、土間からすぐの囲炉裏がある居間に上がり、新聞を改めて広げていた。

その月に入ってから、話題といえばハレー彗星の接近だ。地球にぶつかってこの世が終わるなどと騒ぐ人が少なからず居《お》り、それは根拠なき迷信であると、一応は新聞でも窘《たしな》め、戒めているが、他国の騒ぎも取り上げ、むしろ不安を煽《あお》ってもいた。

「ふうん。最接近は、五月か」

ふと何かの気配を感じて顔を上げれば、土間の乞食柱《ほいとばしら》に寄りかかる、かなり汚れた老婆がいた。そこにいる見知らぬ者は、乞食《こじき》に他ならぬ。

農家の母屋《おもや》を入ったところにある、土間の太い柱。外から入ってきた乞食は、そこから家の中に踏み出してはならぬ。逆に、踏み出さなければ施しをもらえる。

「なんぞ、やれる物があったかいのぅ」

そのとき父と母は村の寄り合いに出かけており、祖父母も奥の部屋で寛《くつろ》いでいた。水屋に入れておいた芋でもやるかと立ち上がれば、襤褸をまとった老婆は踏み出してきた。乞食にあるまじき振る舞いに、ちょっと怯《ひる》む。

「わしゃ、ここの者じゃ。竹内ヨシというんじゃが」

あっと幸吉は、呟《つぶや》いた。なんと呼べばいいかわからず、自分も竹内だが、思わず竹内さんと呼びかけてしまった。

ヨシという名前には、覚えがあった。何かが、脳裏に閃《ひらめ》いた。無用の電灯に電気が走ったように。ヨシは幸吉に向かい、お前こそ誰じゃ、というようなことをいった。

「ここの家の者で、唯三郎《ただざぶろう》の子じゃ」

「唯三郎とは誰じゃ」

「作左衛門《さくざえもん》の子じゃが」

ヨシはさらに、踏み出してくる。明らかに、乞食ではない。そして、頭がおかしいのでもない。正気の目をして、所作もまともだ。

「わしゃ、作左衛門の妹じゃ」

あっ。幸吉は、立ち尽くす。頭の中の電灯が、輝いた。遥《はる》か宇宙の彼方の、ハレー彗星の尾までがかすめた気がした。

「お前は、そうか、作左衛門の孫か」

あり得ない。しかし、この老婆が血縁者だと直感はした。幸吉はそのまま、奥の間にいる祖父の許《もと》にほとんど駆けた。

「祖父ちゃん、来てくれや」

いくつもの襖を開け、叫んだ。幽霊が出た、ではない。

「妹が帰ってきたで」

若干、頭がぼんやりしてきている祖父は囲炉裏端に来るなり、低く唸《うな》った。いつの間にかヨシは土間から上がっていて、囲炉裏端に座っていた。

「兄ちゃん。ヨシじゃ」

「こりゃ、ハレー彗星の接近の所為《せい》か」

この年配のこの村の者ならば、狐か狸に化かされた、幽霊じゃ、といいそうなものだが。

祖父は、時流に乗った驚き方をした。

祖父はヨシと名乗る老婆をかき抱いて泣いたが、ついてきていた背後の祖母は立ち尽くしたまま、なんともいえない顔をしていた。

外から戻ってきた父母も、囲炉裏端に座る見知らぬ襤褸《ぼろ》を着た老婆に戸惑っている。

ヨシは、腹が減ったと呟き、幸吉に渡された芋を頬張った。

「祖父《じい》さんの妹じゃといわれても、俄《にわ》かには信じられんのじゃが」

「名前だきゃあ、聞いた覚えもあったけどな。それは、死んだ者としての名前じゃ」

祖母と母は、顔を見合わせる。いきなり見知らぬ変な老婆が闖入《ちんにゅう》してきた、としかいいようがない。竹内家に他家から嫁いできた二人は、戸惑いと疑いを隠さない。

「ほんまもんか。物の怪《け》ならまだしも、詐欺師と違うか」

「いや、義母《かあ》さんよ。なんというても、兄である義父《とう》さんが認めとるんじゃけ」

祖母と母は、こそこそと部屋の隅で額を寄せ、話し合っている。ヨシはぼんやり、芋を頬張りながら辺りを見回している。

ヨシがどのように村に入って来て竹内家までたどり着いたのか、その姿を見た者は一人もいなかった。忽然《こつぜん》と乞食柱の前に降り立った、としかいいようがないのだ。

「玉手箱を開けたようじゃ。えろう、変わってしもうたな。開けたんか、玉手箱を」

祖父が訊《たず》ねる。ヨシは黙って首を振る。ふと幸吉は、この人は浦島太郎の立場ではなく、乙姫様に近い存在ではないか、という気がした。

岡山中学に通っていた頃まで、先祖供養の中に竹内ヨシの名前があったのを覚えている。

幸吉が物心つく頃から、竹内家は法事や仏事をかなり大事にはしてきた。その中に、御伽話《おとぎばなし》のような死者がいた。祖父の末の妹、ヨシだ。

祖父の末の妹で、十三の歳にふっと消えたと聞かされていた。

「まさに神隠しとしかいいようがないもんでな、村中が総出で山や河や隣村までも捜したんじゃが、ついに見つからんまま時は過ぎた」

そのいなくなった日を命日として祀《まつ》り、ついに五十回忌が来たので供養を終えたのだった。とうに成仏したかと思っていたら、ずっと現世を彷徨《さまよ》っていたとは。

遺骨のないヨシだけの墓石はなく、その父の墓に名前だけが刻まれているはずだ。

兄に当たる祖父は、囲炉裏端にどっかり座り込み、頭を抱えた。

「親も諦《あきら》めきれんが諦めて、竹内家の死者として祀ってきたのに」

その話は、しょっちゅうでも毎回でもないが冠婚葬祭のとき人が集まれば、ふっと思い出して話す者がいた。幸吉には、本物の浦島太郎の話ほどにお伽噺めいていた。ヨシがいなくなった頃に生きていた村人の、ほとんどが墓の下に入ってしまったのもある。

「わからん。気がついたら今ここに居る。そんだけじゃ」

翌日、改めて親戚《しんせき》が竹内家に集い、ヨシを囲んだ。ヨシはぽかんとし、ぼうっとしていた。誰が新聞社に知らせたか、記者も交ざっていた。

「墓石に刻んだ名前、あれに朱色を入れにゃあ」

茶菓子の用意をしながら、祖母は大きくため息をつく。母も、それに倣う。

「この者はまだ生きとる、としておかにゃな」

※

もともと竹内家は、当主に変わり者を輩出するので知られていた。

「変わり者列伝に、当主ではないがヨシさんが最強のそれとして加わるのう」

　半ば感嘆、半ば揶揄《やゆ》された。ヨシは数奇な運命に翻弄《ほんろう》されただけの可哀想な人でもあるが、やっぱり竹内の者は女もアレじゃな、といわれてしまう。竹内家はこの村では昔から、分限者の家に数えられてはいる。土地持ちの旧家で、今も豪農と呼んで差し支えない。土地や田畑は全盛期に比べれば半減したが、農繁期には未《いま》だ四国からも手伝いを雇い入れている。縁戚《えんせき》も含め、これまた豪商と呼ばれた者達や、岡山の名門である第六高、東京の帝国大学に進み、中央で出世した者もいる。

　しかし、現在の当主たる幸吉の父、唯三郎はいろんな商売に手を出して成功も失敗も繰り返し、山師の名をほしいままにした。

　いきなり衆議院選挙に出馬して最下位で落ちたり、それが悔しかったようで、日本からも朝鮮からも大勢を雇い入れて引き連れ、朝鮮の山奥に虎退治に乗り込んだりもした。虎は捕らえられ、肉を宴会に出したりしたが、その不味《まず》さも語り草だ。

　それで財産をかなり失い、さすがに今は大人しく農業に専念しているが、まだ油断ならん、また突拍子もないことをやらかすでと、幸吉の母や親戚は顔色を窺《うかが》っている。新聞記者にも、今度は馬来《マレー》半島に豹《ひょう》を狩りに行くと吹いたらしい。

　今生きている岡山の奇人変人といえば、幸吉の父が筆頭格だ。祖父の作左衛門もまた、自分には阿蘭陀《オランダ》の商人の血が入っているだの、朝鮮通信使の血筋も引いているからあちらに渡れば貴族の両班《ヤンバン》だの、とにかく法螺《ほら》を吹き、行ったこともない異国の話を見てきたように話しては、人を煙《けむ》に巻いていた。

これがなかなかの話術で、かなり信じている人もいる。今はただの温和な御隠居といった風情だが、やはり幸吉の祖母や親戚連は、これもまだ油断ならんと見ている。新聞記者も、騙《だま》されてヨシの話の他に作左衛門の嘘の武勇伝を載せてしまったほどだ。ぼんやりと記憶にある曾祖《そうそ》父《ふ》の弥《や》平《へい》は、祖父とは違うふうに人を煙に巻いていた。刻み煙草を使って煙芸に熱中し、やんごとなき御方の前で披露したこともあるとか。

村の生き残りに聞けば、中空に煙で平仮名をすべて書けたり、橋を作って仙人を立たせたりと、活動写真のような像を作れたそうだ。たまにそこに、死者が現れたともいう。これは真実じゃ、わしも見たと、見てきたように語る老人が少なからずいる。

幸吉も何となく、覚えている。子どもの頃の記憶に後付けのいろいろな噂や逸話が混ざり合い、極彩色の鳳凰《ほうおう》が飛び回っただの、人間と寸分違《たが》わぬものを出現させて未来の話をさせただの、それはさすがに幸吉の夢だろう。

会ったことのない高祖父の勘介《かんすけ》がやった生前葬の豪華さは、今もって語り草だ。最上の棺《ひつぎ》に大名の家で供されるような料理、白絹で縫わせた死装束、人気の歌舞伎役者を呼んで弔辞を読ませ、村中に酒と菓子を振るまった。

生前葬をすれば長生きするとの言い伝え通り、八十過ぎまで生きた。この高祖父の話もさんざん聞かされ、会ったことがあるような気になっている。葬儀の空に虹《にじ》がかかり、ハレー彗星《すいせい》ではない箒星《ほうきぼし》が煌《きら》めいていた記憶すらある。

その高祖父の父親の本名は大吉《だいきち》であるが、東洋《とうよう》と名乗り、彫刻に熱中していた。本職の名人達も驚く才を発揮し、彫った蟹《かに》が動いたという逸話も持つ。その蟹は召し上げられて、今も岡山城にあるとのことだ。

ここまで遠ざかると、まさにお伽噺《とぎばなし》の中の人として、浦島太郎のようなものになってくる。もはや浦島太郎が乗った亀を作ったのは東洋さんだといわれても、納得できる。

今の竹内家は資産や土地はあるが、当主がみんな趣味人で、田畑や土地はなんとか維持できているものの、往時の勢いはない。

女房達がしっかりするしかなく、商いや土地の管理、使用人の雇用や世話は母や祖母がやっていた。そのようなしっかりした女が自分の妻になってくれるとは思えず、幸吉はしばらくお気楽な次男坊でいたかったのだ。

幸吉も岡山中学は出たが、そこまで勉学は好きではなく、向いているとも思えず、高校には進まず役場勤めになった。その頃の幸吉は親や祖父らを反面教師とし、地道な生き方をしようと考えたのだ。

そう、気楽な次男坊だった。実は幸吉には、兄がいる。兄の加一郎《かいちろう》は竹内家の血を濃く受け継ぎ、中学を中退してあれこれ商売に手を出していたがどれもうまくいかず、ついに米国に出稼ぎに行くといったまま飛び出して、行方知れずになってしまった。

「あいつも、目の玉の青い嫁を連れて、ひょこっと戻ってくるか」

「それこそ、百年後にか」

　父母も祖父母も、もう暢気《のんき》に構えるしかなくなった。嘆き悲しめば、本当に加一郎が死んでしまう不吉な予感がもたらされる。生きていると信じたい。ヨシの親兄弟のように、死んだ者として諦めることはまだできない。

とはいえ、現実にはいないのだから、次男である幸吉がもはや長男として家督を継ぐしかないのだ。加一郎はヨシと違い、自らの意志でいなくなったのだし。

　このように竹内家は何故か、当主ではない次男坊以下、そして女達はだいたいが良くいえばまとも、貶《けな》そうとすれば凡庸だった。

　ヨシは容姿にも素行にも性質にも格段の目立つところもなく、揉《も》め事などもなかった。だから、自ら家出したのではなく何者かに無理矢理さらわれたとなった。

ただぼんやりと日々をやり過ごしているヨシの許《もと》に、幸吉だけは訊ねて行ってなんとか会話をしようとする。離れにほとんど軟禁されているが、暴れたりはしない。

お婆ちゃん、ばあやん、といった呼び名は嫌がるので、ヨシさんと呼ぶ。ヨシも呼び捨てではなく、幸吉つぁん、と呼ぶ。

実は幸吉も竹内の血を引いている者として、さらに長男として生きるしかなくなってから、平穏に生きようとしながらも妙な血の騒ぎは感じられるようになっていた。

「何を食べとったかも、覚えてないんか」

たとえば不老不死の薬、療法、たとえば時空を超えて好きな場所に行ける装置、飲まず食わずで何十年と生きられる丸薬や秘法。

といったものが、ヨシの語ることから導き出せ、発見できるのではないか。と考えたのだ。もちろん、まだ誰にも黙っている。これは夢想であり、父や祖父のように無茶な形にしようとも企《たくら》んでいない。ただ、密《ひそ》かに血が騒ぐだけだ。

※

いつまで経ってもヨシが五十七年もの間どこで何をしていたか、まったくといっていいほどしゃべらないため、一か月もすれば竹内家は表向きは平穏な日常を取り戻した。

なんといっても世間の話題は、ハレー彗星なのだ。竹内の家に変わった婆さんがいるわいな、くらいに、たまに近所周りでも思い出されるくらいになってしまった。話題になるときもまた、ハレー彗星の接近に絡まされる。

「ハレー彗星なぁ、うちはようわからんが、なんてことなしに、ただ来て去っていくだけの気がするで。何やら無理矢理にこじつけて、騒ぎ過ぎじゃ」

ヨシ自身も、騒がれたり注目されたりするのは好きではなかった。離れ座敷に寝起きして、手慰みに人形を作ったり着物を繕ったりしている。幸吉にだけは、ときおり饒舌《じょうぜつ》になって妙にしたり顔で先生のようなことまでいう。

しかし、もはや七十の婆さんを、そう扱《こ》き使えるものではないが、

「いっそ十三歳のまま戻っててくれた方が、まだ使えるようになったじゃろ」

祖母と母は、こそこそと陰口を叩《たた》き合う。普段はそう仲も良くない、いや、わりと険悪で陰湿な空気を醸し出しているのが常だったが、ヨシが邪魔というのは一致し、それを共に旦那《だんな》にはいい難《にく》い、というのもあって近しくなっていた。

妙な家内安全がもたらされ、これはハレー彗星の接近は関係ないだろう。

食事はヨシも皆と囲炉裏端で取るが、黙々と食べるだけだ。冷たく当たったりはしないが、幸吉の祖母と母は敬して遠ざけるという態度でいる。

ヨシが自分から近づき話しかけるのは、兄である幸吉の祖父、そして幸吉だ。

「婆、じゃない、ヨシさんはほんまに、五十七年の何もかもを覚えとらんのか」

幸吉も男友達と酒を飲んだり女のいるカフェーに行ったりするより、囲炉裏端で文芸誌を読む方が好きなので、幸吉が暇なときは二人は一緒に囲炉裏端にいた。幾度と

なく同じ問いを繰り返すが、ヨシは明らかに意図して話をはぐらかす。

「ハレー彗星とやらは、何か考えて自分の意志で動いとると思うか。いんにゃ、あれも気がついたらハレー彗星に生まれとって、ハレー彗星に生まれたから飛ぶしかないんじゃで。人に危害を加えるつもりも、怖がられるつもりもないで」

そもそもヨシは、未《いま》だに自分を婆さんと自覚していない節があった。誰が何といおうとまだ十三で、だから最も歳が近い幸吉と話が合うのだと思っている。

「じゃなぁ、別にハレー彗星は、地球が好きで恋しゅうて来るわけでもなかろう」

「幸吉つぁんは、好いとる女子は居《お》らんのか」

「それこそ、ハレー彗星から落ちてくりゃええがなぁ。今様の浦島太郎の乙姫様は、宇宙の亀に乗っとるかもしれんな」

「幸吉つぁんは、乙姫様が現れたらついていくか」

「五十七年どころか、五千七百年経ってから家に戻されたりしてな」

「それまで、この世はあるんかい」

ヨシの姿を見なければ、十三の娘さんと一緒にいる気分になるときもあった。竜宮城の乙姫様は、まったく歳を取らないのだろうか。そこは物語の中で、語られていない。

さて四月三十日の夜明け。初めて岡山でハレー彗星が観測された。東の空に、金星より高く見えたと。刻々と、ハレー彗星は近づいてきているのだ。

内山下の県立測候所が撮った写真は新聞に載るや、皆を言い知れぬ不安に陥れた。星空を走る火の玉は、冷徹で無慈悲に見えた。

もともと生き物ではないのだから、無慈悲も何もないが、それが余計に人に対して冷ややかであろうとも感じさせた。暗黒の宇宙を長い尾を引いて飛ぶ箒星は、さらに非情な乙姫様の眷属《けんぞく》が跨《またが》っているようでもある。

「まだ間があるらしいが、地べたが割れてしもうたらどうする。海の水は、どこへ向かって流れ落ちるんじゃ。家はみな燃えるで」

「それより、空気が無《の》うなるじゃろ。自転車のチューブの買い占めが始まっとるで」

「水の中で息を止める練習、した方がええじゃろか」

「それより窓や戸口の目張りをした方がええか。いや、空気が薄うなるな」

無い空気をどうやって吸うとか、息を止めるなどせいぜい一分二分じゃろとか、冷静になればわかることなのに、皆は流言飛語に踊らされた。

母と祖母も、自転車のチューブを買い入れる算段を始めたが、すでに品切れだった。ならば桶《おけ》を買わにゃと、半ば本気で騒いでいる。

「阿呆《あほ》らし。チューブがあっても無《の》うても、空気が無うなったらそれで仕舞いじゃ」

「なら、息を長《なご》う止められる海女《あま》は助かるか。海女とて、一時間は止められんで」

例によってインチキ医者や似非《えせ》学者が登場し、ここぞとばかりに占い師や霊能力者も顧客を増やそう見料を吊《つ》り上げようと奔走した。

　父と祖父はいろんな商売に手を出し、都会にも出て様々な経験はしていたし、それなりの教育も受けていたから、まずは冷静になっていられたが。

「太古から、何べんもハレー彗星《すいせい》は来とるじゃろ。地球はほれ、この通り在る。ほんまにそげな恐ろしいものなら、とうに地球は消え失《う》せとる。ハレーさんも、ええ加減にお前ら慣れろやといいたいんじゃないんか」

「ハレーさんは、慌てふためく人間を見るんが七十六年ごとの楽しい祭りじゃ」

　ヨシもまた、落ち着いていた。ヨシの場合は見識と学識の裏打ち、様々な経験の豊富さから来るものではなく、まさに犬は鼻が利くように生まれついている、海の水は太古より塩辛いものだ、といった自然体、天然の勘であると幸吉は感じた。

　母や祖母は、ヨシさんは頭がぼうっとしとるから、で片づけたが。

　そうこうするうちに、しばらく足腰を痛めて寝ついていた幸吉の曾祖父《そうそふ》の末弟、つまりヨシの叔父《おじ》が、人力車に乗ってようやくヨシとの対面にやってきた。

「これは今まで、黙っておった。余計に話がややこしゅう、複雑に、奇怪になっていくんも嫌でのう」

　そうしてヨシに会う前に、出迎えた幸吉にいきなり妙なことをいい出した。

「わしの祖父《じい》さんにも、急におらんなった妹があってな」

このヨシの叔父はとうに隠居しているが、岡山市の呉服の老舗《しにせ》に丁稚《でっち》として入って番頭になった、実直な堅い人柄であった。

軽佻浮薄《けいちょうふはく》に噂や流行に乗って来ず、怪しげな迷信に惑わされることもなかった。姪《めい》の幼いヨシのことも、よく覚えているという。

「姪のヨシとは違う。わしの祖父の妹も、ヨシというんじゃ。わしが生まれたときはもう、居《お》らんなっとって。会《お》うたこともないけどな」

幸吉が生まれる遥《はる》か前に亡くなっている祖父の曾祖父など、お伽噺《とぎばなし》の登場人物くらいの遠さだが。竹内家に特有の奇人であったため、名前などは知っている。

叔父は、まだヨシを呼ぶな、幸吉と二人で話したいと、囲炉裏を挟んで向かい合う。

「そんときは天明《てんめい》の大飢饉《だいききん》でな、『わしらはなんとか生き延びられたが、十三の妹がさらわれた』というとった」

これは、確たる証拠はない。当時は新聞などもないし、往時を知る者も死に絶えた。そこまで遠い先祖は、幸吉にはもうよくわからなくなっている。竹内家の名に恥じない奇人変人であったことは、わかるのだが。

寺の過去帳を探れば出てくるはずだが、何やら恐ろしくもある。それこそが玉手箱になって、幸吉も白髪になりそうだ。

「わしゃ、祖父さんにヨシの話を聞かされるたび、ぼっけぇきょうてぇ、恐ろしゅうて、仕方なかった。いいとうないが、もしやヨシは食われたんじゃねぇか、とな」

「ありえるのが、きょうてぇな」

しかし天明の時代にいなくなったヨシなら、百四十歳くらいではないか。並みの人間が、そこまで長生きはできないだろう。

叔父によれば、その初代のヨシも、いなくなった日を命日とされた。これまたうちにいるヨシと同じく、五十回忌まで祀《まつ》られたという。

ちなみに前回のハレー彗星の接近は１８３５年、天保《てんぽう》六年であったが、その年に初代のヨシは帰ってきてはいないようだ。叔父は初代ヨシの話は極力、黙っていた。

「帰って来られても、きょうてえがな。ヨシであってヨシでないかもしれんしな」

叔父は二代目といっていいヨシとは対面したが、特に語り合うこともなく、どちらも所在なげにしていた。噛《か》み合わないのはもう、仕方ないというよりヨシの持ち味だ。

二人とも、過去の話や竹内家の歴史ではなく、ハレー彗星の話をしていた。

「ヨシが二人居ったて、そりゃおもしれぇ話じゃな、叔父さんよ」

「そうじゃなぁ、考えてみりゃあ今年も去年と同じ桜が咲いたというが、その桜と去年の桜はまったく違う別もんなんじゃよなぁ」

しかし幸吉の祖父はその話を聞かされ、後に本当に寺まで出向いた。

やはり、というべきか。まさか、というべきか。本当に百二十七年前にもヨシなる娘がいて、十三にして死亡となっているのが確かめられた。

「いや、これはあり得ん」

「あり得たら、どうすんじゃ」

父母と祖父母は、離れにいるヨシを得体の知れない者として見るべきか。いや、祖父の七十歳の妹と見るしかないのだ。

「初代のヨシさんも、帰ってこんかいな」

「いや、ほんまに今そこに居るのは初代のヨシさんで、帰ってきておらんのが祖父さんの妹のヨシじゃあないんか。もう、うちは頭がこんがらがってきたで」

ハレー彗星のせいかどうかは謎として、どこから漏れたかその逸話も再び新聞に載ってしまったため、またヨシを訪ねて来る者も出てきた。

ハレー彗星の騒ぎの方が大きくても、竹内家にとことん平穏な日々は来《こ》ぬ。

そんなヨシは機織りも水仕事も野良《のら》仕事もせず、日がなぼんやりと離れにいた。人形で遊び、ままごとをする。老人のそれとは違う、ぼんやりだ。

足腰は割合にしっかりしているが、本当に十三歳のまま本人が歳を取るのを拒んでいる。

見た目だけ歳相応なのが、切ない。

幸吉が自ら、役場でヨシの戸籍を戻す手続きをした。

「女の十三歳というたら、月のものを見て、腰巻を着けだす年頃なんじゃな」

しかし死んだ者として祀ってきた日々は、なんだった。生前葬をすれば長生きをすると、幸吉の先祖も証明したけれど。

生きながら弔われたヨシも、長生きするのか。いや、ごっそりと十三歳から今までが抜けているなら、百まで生きてもそう長生きではないような。

「ヨシさんよ、まだ何も、思い出せんかな」

どうにかしてヨシから、空白の期間を取り戻してやりたいと熱心に願うのは、幸吉だけだった。いや、浦島太郎も竜宮城には戻りとうないじゃろな、とは感じる。

※

五月に入ってからは、『山陽新報』の大見出しは連日、「大彗星愈々《だいすいせいいよいよ》接近」だ。

自転車のチューブなどで酸素は確保できぬ、桶の水で息を止める練習も無駄と一応は窘《なだ》めても、新聞もこぞって不安を煽《あお》っているとしか思えぬ。

まずは、ハレー彗星の尾には猛毒性の窒素だの青酸だの瓦斯《ガス》だのが含まれているということだ。これは偉い学者が分析した科学的根拠ありで、尾に含まれた水素が地球の酸素と合わさって大爆発を起こすかもしれぬ、などと書かれもした。

　これは風説であったが、何らかの事実と結びつけられてしまえば、最新の科学に裏打ちされているものとして響いた。

　とはいえ科学的根拠とやらよりも、古来の災いを引き起こす呪いの星、という伝承と結びついた方が、ハレー彗星の尾は燃え盛る。

　西洋でも、自分で自分を磔《はりつけ》にしただの、処女を生贄《いけにえ》に捧《ささ》げるだの、日本より遥かに科学は進んでいるはずなのに、中世かというようなことが頻発しているようだ。

　意外にも、ヨシの呟《つぶや》きが竹内家を鎮めていた。

「何事もないで。普通にしとったら、ええ。幽霊の正体見たり枯れ尾花、ハレー彗星もありゃあ、空飛ぶ雪だるまのようなもんじゃ」

　密《ひそ》かに、最も落ち着いて現実を見る男といわれた幸吉が、望遠鏡を買い入れたりしながら浮足立っていた。これもハレー彗星の尾の影響かと、母が青ざめる。

「今のうちに、幸吉つぁんに話しておきたいことがあるんじゃ」

　何やら蒸し暑い午後、庭の井戸の水を飲んで戻った幸吉は、土間に佇《たたず》むヨシに声をかけられた。まるであの日のように、乞食柱《ほいとばしら》に寄りかかっていた。薄暗い土間で、ヨシはふと十三の娘にも見えた。幸吉はまるで、恋心のようなものが疼《うず》いた。

　その日は、ハレー彗星が最接近の日だった。家の辺りは静まり返っていたが、大勢が仏間や神棚を祀った座敷に集まり、神仏や先祖に祈っているのであろう。

　祖父や父も、祖母と母にきつくいわれて仏間に集まり、お経を上げているようだ。もしヨシが帰って来なければ、ヨシも拝まれる側にいただろう。

　そんな家族に見つからぬよう、幸吉はヨシをこっそりと連れ出した。行き先は、少し遠いが京橋《きょうばし》の西洋料理店だ。嬉《うれ》し気に寄り添うヨシは、これまたすぐ切れると不評の街灯の下では、本当に十三くらいに見えるときがあり、幸吉は妖《あや》しくときめいた。

「こうして見たら、ヨシさんは若い別嬪《べっぴん》じゃな」

「ハレー彗星の尾の下に立ちゃあ、乙姫様に見えるかもしれんよ」

これも妖しい冗談をいうヨシの声は、華やいでいる。ふと、蠟燭《ろうそく》は燃え尽きる寸前に最も明るくなるというのを思い出し、不吉な影も差した。

　京橋の二階建ての西洋料理店に来ているのは、地面が割れて海に飲まれるくらいなら首を括《くく》ろう、という人達とは違う人達だった。

　来るなら来い、何かあるなら見届けようぞ、という気持ちも懐も余裕のある者達で、名門の六高の学生達もいた。

「ハレー彗星なんぞ、きょうてえものじゃあないで。ほんまにきょうてえものは、餓えじゃ。病気じゃ。戦争じゃ。そいから、人の心の中にあるものじゃ」

一階の窓際の卓に着き、ヨシは微笑む。水を入れた硝子《ガラス》の洋杯は透き通り、南洋の海の如く緑色に光る酒瓶の影が揺らめく。さすがにハイカラな西洋料理店の天井には電灯が燦燦《さんさん》と輝き、洒落《しゃれ》た洋装の客人も多い。

「天明の頃じゃ。そりゃあもう飢饉《ききん》は、でえれえ、やっちもねえものじゃった。悲惨なことというたら、わしの口では足りんな」

そこに似つかわしくない会話をする二人は、壁に映る影だけを見れば歳の近い恋人同士のようであった。備前焼の小瓶に飾られた夏の花が、可憐《かれん》だ。

「天明か。ありゃ、ヨシさんは嘉永の人じゃなかったか」

天明と嘉永にも、かなりの隔たりがある。そういえば次のハレー彗星の接近は１９８６年だそうだが、そのときは地球から見て太陽の向こうにあり、観測は難しいと書いてあった。その年の彗星は、岡山からなどほとんど見えぬと。

その次は２０６１年で、これは今年以上の大接近となるやもしれぬ、とのことだ。夜中でも昼間のようになるであろうと、今朝の新聞にあった。

「いや、自分は食われてしもうたんじゃ。そいで、次のヨシとして生まれ変わった」

幸吉も手間取るナイフとフォークを器用に使い、カツレツを切るヨシは、さらりと恐ろしい話をする。麦酒《ビール》の一口ですでに赤くなる幸吉は、手を止めた。

「今わしの前に居《お》るんは、天明に消えた方のヨシさんなんか。祖父《じい》さんの妹のヨシさんか、どっちなんじゃ」

「どっちもじゃ」

茹《ゆ》でたじゃが芋も、西洋の汁がかかればご馳走《ちそう》めく。ヨシは幻や狐狸《こり》や幽霊でない証拠に、やはり麦酒で赤く頰を染める。

「ハレー彗星の接近は、単なる星の運行で、凶事を引き起こすもんではないで。うちが戻ってきたんも、大きな意味のある巡り合わせ、というもんではないんじゃ。なんじゃろうな、電気がすぐ消えるように、何かの不手際というだけじゃ」

そのとき、真ん中に陣取っていた六高の学生達の間から、ほとんど歓声が上がった。

「時間じゃ。来たで。ハレー彗星愈々接近じゃあ」

皆は一斉に、窓に駆け寄った。ヨシと幸吉だけが、向かい合っていた。なのに二人は互いの目の中に、ありありとハレー彗星を見た。不吉といわれながら、美しい星を。凶兆といわれ続けながらも、確かな浪漫《ロマン》を運んでくる星を。

学生の何人かが窓から屋根によじ登り、何も見えん、いや見えた、と騒いでいる。窓から降りてきた白皙《はくせき》のなかなかの美青年に、ふとヨシは声をかけた。

「内田《うちだ》さん、この日のことをいずれ本に書かれぇよ」

内田と呼ばれた詰襟の青年は、窓の前に立ったまま小首を傾げた。

「知り合いじゃろうか」

「いんにゃ。あんたは有名になるんよ。それで知っとった」

内田なる学生はどう答えていいかわからぬようで、黙って仲間たちの許《もと》に戻っていった。幸吉も、ヨシの奇妙な振る舞いには慣れていたから、黙っていた。

結局、ハレー彗星の接近は、大惨事を引き起こさなかった。過ぎてしまえばあっけなく、空はいつもの空に戻った。ハレー彗星は別の宇宙を目指しているのか流されているのか動かされているだけか、いずれにせよ飛び去ったのだ。

「楽しかったで。弟の孫じゃなかったら、惚《ほ》れとった」

帰り道、幸吉に寄り添うヨシは、ふと立ち止まって店を振り返った。白い建物はまさに宇宙に浮かぶ竜宮城、発光しているかのようだった。

「うろ覚えじゃが、ハレー彗星は白い霧のように消える……んじゃったかな。……ええなぁ、さすがじゃ」

何かの文章を諳《そら》んじたのはわかるが、それが誰の何なのかわからない。

「誰でも歳は取るんじゃが、わしも百近くまで生きたらまたハレー彗星の接近を見られるんじゃな。というよりヨシさんよ、なんじゃその名文は」

「さすがは岡山の文豪、内田百閒《ひゃっけん》の随筆じゃ」

「誰じゃ、それは」

「ハレー彗星の接近、ということにしておこうかな。たまにちらっと、遠い先が見えてしまうときがあるんよ。誰にもいわんでおくけどな。いやはや、うちが消えとった昔々のことは、まるで思い出せんのにな」

――翌日、ヨシは眠るように息を引き取っていた。なかなか起きてこんと母が見に行ったら、眠ったまま硬くなっていたという。

死んだら若返るといったこともなく、むしろさらに老けて、実は初代のヨシだったのではとも思わせた。本人が聞けば、拗《す》ねるだろう。

「結局、居《お》らんなった時期にどこで何をしとったか、謎のまんまじゃな」

「ほんまに、玉手箱を開けてしもうたんかもしれんな」

すでに、天体望遠鏡でも観測できぬ彼方《かなた》へ、ハレー彗星も飛び去ってしまっていた。次は幸吉が百近くまで長生きできればだが、そんなに生きてもし見たとしても、もうすべてが美しい夢かうつつかというふうだろう。

「まぁ、そんな時まで生きとらんから、ええわ」

幸吉は棺《ひつぎ》を担ぐ一人となったが、悲しみよりもすでに郷愁のようなもので胸を満たされていた。実際は見ていないのに、ハレー彗星を並んで眺めた情景が、ありありと活動写真や絵葉書のように思い出される。

「おそらく、満ち足りた気分で死んだんじゃ。なぁ、ヨシさんよ」

『山陽新報』にも、浦島花子また竜宮城に帰るといった、いささか不謹慎な記事が出た。

「いんにゃ。早くもどこかに生まれ変わっとるかもしれん」

「あるいは、竜宮城に行って時が止まるか」

妙に明るい葬儀の最中《さなか》、奇怪な鳥が現れた。異様に大きな鷹《たか》か鷲《わし》のような鳥が舞い降りてきて、皆は悲鳴をあげた。顔が人じゃったと、誰もが後から呻《うめ》いた。それはめでたい迦陵頻伽《かりようびんが》のようでもあり、妖怪《ようかい》の鵺《ぬえ》のようでもあった、しかし皆は後からそれぞれ違うことをいった。美女だったとも、夜叉《やしや》だったとも。

ヨシの棺に舞い降り、ヨシの声で西暦１９８６年と２０６１年のあまりにも恐ろしい予言をした。というが、これを聞いたのは幸吉だけだ。

「いや、これはいえんな。わしとヨシさんの秘密じゃ。ハレー彗星の接近は関係なしの、因果関係はなし、ただそういう巡り合わせじゃとだけ伝えておくわい」

飛び去った謎の鳥は、人々の脳裏にのみ残った。あたかもハレー彗星の尾の如く。皆はあれを忘れようといい合ったが、幸吉は脳裏に刻み付けていた。あの鳥を蘇《よみがえ》らせるでぇと、湿った穴に埋められ棺に土をかけられるヨシに誓っていた。

※

宇宙の彼方に飛び去ったハレー彗星はしかし、思いがけない尾の毒を撒《ま》き散らしていった。と、少なくとも竹内家の女達とその係累、近所周りや役場、かつての幸吉を知る幼馴染《おさななじみ》らにはいわれた。

やや覇気はないが真面目な好青年とされていた幸吉が、すっかり変になった。といって酒と賭博《とばく》に溺《おぼ》れる、女の尻《しり》を追い回す、といったものではない。やっと奇人変人揃いの竹内家の当主らしくなった、というべきか。父と祖父は、

「やっぱり幸吉も、あんたの血を引いとったな」

といわれることに、満更でもなさそうだ。

「鳥になりてえんじゃ。空を飛びたいんじゃ、生身の体でな」

明治三十六年にすでに西洋では、空を飛ぶ乗り物が発明されていたが、幸吉が目指すものはそのようなものではない。

頑丈な鉄の箱に入って飛ぶのではなく、あくまでも生身の体を空に一体化させ、肌に風を感じ、鳥と並んで飛びたいのだ。ハレー彗星《すいせい》の如く。あるいは、ヨシの棺に舞い降りた怪鳥の如く。

「悪い先祖の血が混ざり合《お》うたか」

「いや、ハレー彗星の接近のせいじゃ、これも」

「ヨシさんの死と入れ替わりのようじゃな、幸吉も変わり者の仲間入りか」

突拍子もない冒険が好きな父、法螺吹《ほらふ》きの祖父、確かにやんごとなき御方の前で芸を披露した曾祖父《そうそふ》、豪華な生前葬をした高祖父、伝説の蟹《かに》を作りあげた高祖父の父親。

「次男のままでいさせりゃあ、まともじゃったのに」

母や祖母が嘆いても、もう遅い。しかし役場には勤め続けたのが、幸吉の正気を残している証左となった。村人の中には、

「あねぇなことをしながら、役場に勤められる。そのこと自体が頭がおかしい」

「わしも、そう思う。むしろ役場に居るときの方が、幸吉は変になっとる。鳥の機械を作っとるとき、正気に戻っとるんじゃねえんか」

すでにハレー彗星の接近も浦島花子ことヨシも忘れ去られ、鳥人と渾名《あだな》された幸吉の方が村人の耳目を集めるようになっていた。

「頭の中に、設計図はある。手本は、あの鳥じゃ。それから、ハレー彗星じゃ」

幸吉はヨシの使っていた部屋にこもり、試行錯誤を重ね、ついに建具で作った装置を完成させた。竹と紙と布でできたそれは、鳥の羽を広げて平たくしたような形をし、羽の部分に肩を通す紐《ひも》と手で握る取っ手があった。

背負子《しょいこ》のようにこれを背中に括《くく》りつけ、自宅の二階屋根から飛び降りた。それは飛んだというより、滑り落ちたという体であった。これによって、人はやはり飛べない、という証明をしてしまったのだ。

「幸吉、その鳥の形は不吉じゃ。まさに、ヨシの棺に降りたそれのようじゃ」

誰が、観衆の中からこう叫んだか。ともあれかなりの人が集まっていたので、警察

に拘留される騒ぎとなったが、怪我をしたのは当人だけ、破損したものも自分の持ち物となり、すぐに釈放された。

　ついに役場は首になってしまったが、清々した、百姓をやりながらでも研究に打ち込むなどと、ますます意気《いき》軒昂《けんこう》になってしまった。

　もっと本格的に鍛冶屋《かじや》に頼んで鉄の歯車を作らせ、高価な自転車を解体して部品を流用し、これは紙の鳥ではなく巨大な竹トンボとでもいうべきものができた。

　それは吉井《よしい》川沿いの土手を走った途端、土手に乗り上げてバラバラになって飛び散ってしまった。ハレー彗星が地球にぶつかったらこんなかと、笑い声さえ上がった。

「血の繋《つな》がっとらん、若《わこ》うて別嬪《べっぴん》のヨシが現れて嫁になってくれんかな」

　冗談半分、つまり半ばは本気で、母と祖母は嘆息した。

　親としては、不意に幸吉が機械を完成させてどこかへ飛び去ってしまい、それこそ次のハレー彗星の頃に戻ってくるのを恐れている。それを聞き、幸吉は笑い飛ばした。

「その後ろに、もっと化け物になった兄貴を乗せとったら、益々《ますます》わやくそ、厄介なことになるのぅ。お前らハレー彗星に焼かれて消えろと、皆は空を仰ぐじゃろう」

カユ・アピアピ

「ホンソウ子は、三文安いというじゃろ」

「あんたのことか」

「お姉ちゃんのことじゃわ」

未《いま》だ明治の蠟燭《ろうそく》の炎がほとほとと揺れ、途方もない暗闇があちこちに蟠《わだかま》っていた頃から、茂世《しげよ》と道世《みちよ》の姉妹仲は良くなかった。

三つ違いの姉妹は、見た目も性質もあまり似ていない。といって、常にいがみ合っている、逆に口もきかず互いに顔を合わせないようにしている、というのではなかった。

傍目《はため》には、仲の良い姉妹に見えなくもなかった。二人ともいつでも穏やかに向かい合い、柔らかな物腰で言葉を交わす。障子に仄暗《ほのぐら》く映る姉妹の影だけは、仲良く寄り添う。

幼い頃の三歳違いは大きな違いとなるが、姉の茂世が幼く妹の道世がしっかりしていたため、よく姉妹を逆に思われた。姉の方が、長らく人形を抱いて寝てもいた。

真綿に包んだ棘《とげ》は、互いの胸には確かに刺さっている。なんとなくその小さな傷に気づくのは、妹の道世を贔屓《ひいき》する父と、姉の茂世を溺愛《できあい》する母だけだ。

明治よりはるかに昔から姉妹の故郷、岡山の寒村では、可愛い子どもはホンソ、ホンソと唱えながら頭を撫《な》で、あやした。可愛いという言葉にも、呪文《じゅもん》がある。ところがそうやって可愛いがられた子はホンソウ子《ご》などと呼ばれ、成長してからはほとんど悪口になった。また、悪口をいわれても仕方ない成長をすることも多かった。

「甘やかされて大きゅうなったけぇ、役に立たん。婆さん子は三文安いとな」

大正時代に入っても姉妹はホンソウ子であり続けたが、妹の道世の方は、

「ホンソウ子にしちゃあ、しっかりしとるで」

といわれた。とことんホンソウ子だったのは、姉の茂世の方だ。

「あれで見た目が悪かったら、ほんまに困るじゃろうが。いやはや、なまじ見た目がええばっかりに、ホンソウ子になってしもうたんじゃなぁ」

ともあれ道世は幼い頃から、お父ちゃん子じゃともいわれていた。顔立ちや性質も、父親譲りだった。地元の小学校の校長を務めていた父は、岡山の寒村では知識人として名士として尊敬され、謹厳実直にして温厚な人柄は皆に慕われていた。

父に叩《たた》かれるようなことは一度もなく、何か間違ったことをしたり、生意気に逆らったりしたときも、父は声を荒げることもなく、きちんとした態度と言葉で諭してくれた。

「道世は新しい女、覚めたる女じゃけ、正しいことと間違《まちご》うたことは、わかるじゃろ」

対する母は病弱で家に引きこもっていて、となっていたが、実際はそんなに病弱でもなかった。医者も、気休めの薬を出すだけだ。

道世だけがそれを勘づいている風だったのも、母が道世を遠ざけることとなった。

母は常にあちこち具合が悪いと、よく臥《ふ》せっていた。機嫌が悪くなると部屋からも出てこなくなり、尿瓶を使い、食事も使用人に運ばせ、縦の物を横にもせずにいた。見栄《みえ》で置いている琴や三味線を、来客があればわざとらしく一節だけ爪弾《つまび》いた。

名士の奥様だというのに、村の冠婚葬祭をすべて面倒がって、無論のこと家事も大儀がって、それで病弱の振りをしているのだと村でも噂はされていた。なのに、いや、だからこそますます居丈高になっていった。

堂々と、自分の先祖は大名なので無学な村の者とは話も気も合わぬと、いい放ちもした。

「そこまでの姫さんが、なんでこの村に嫁に来とるんじゃ」

「元は武家じゃいうても、足軽じゃろ」

母が見下す村人に陰で笑われ、藤野《ふじの》先生に不釣り合いな悪妻、と呼ばれることになる。

都合が悪いことは聞こえない母は、湿った坪庭のある離れ座敷に陣取り、岡山市で買い入れる資《し》生堂《せいどう》の化粧水だの清涼珈琲《コーヒー》液だの、好きなものに囲まれて閉じこもり、茂世と道世の世話は、姑《しゅうとめ》や使用人、当時は家にいた父の妹達の役目だった。

茂世だけは招かれ、二人が姉妹のようにままごとなどしていた。そのとき道世は、父の書斎で勉強を見てもらっていたのだ。父の母、道世にとっての祖母は、

「あの子は嫁にだけは、まんの悪い子じゃけぇ」

と嘆息するばかりで、嫁に対してあまり強くも出られず、すべての家族とつかず離れずでいた。もともとの性質もあるが、とにかく家内が穏やかであれば良しとしていた。祖父は物心つく前に亡くなっており、祖母はひたすら息子が頼りで、息子に従った。

そんな父と母は、一回り以上も歳が離れていた。ともに再婚だとは、村中に知れ渡っている。父は先妻を肺の病で、三十になる前に亡くしていた。先妻との間には、子はできなかった。できかけたことはある、という噂が、妙に恐ろしかった。

「三か月も経たん間に、流れてしもうた。そんなんは、戒名も墓も無しじゃ。庭か田んぼ、野山に埋める。酷《ひど》いことあるもんか。人ではなかったんじゃ。まだ、神様の子じゃったけえな、すぐ戻したら、すぐ生まれ変わってくるんじゃ」

これは、祖母に聞いた話だったが、どこに埋めたとは聞けなかった。聞いたら、もう夜中にそこを通れなくなる。

そんな不憫《ふびん》な前妻は家柄もよく賢かったが、容姿には恵まれていなかったという。それだけが原因ではなかろうが、夫婦はずっと不仲だったらしい。

藤野家の縁戚《えんせき》に当たる主治医に薬殺されたのではという、不穏な噂すらあった。

「まんの悪い嫁さんじゃったんよ」

まんが悪い、それは祖母の口癖だった。運が悪い、間が悪い。本人の責ではない。

道世の母は岡山市が岡山区だった頃からある呉服店の娘で、評判の美女だった。女学校を出てすぐ関西の富豪の跡取りと結婚したが、

「わしを狙う者が大勢おる。亜米利加や露西亜《ロシア》の軍隊も、わしを狙《ねろ》うておる」

などと妄言をわめき、家に火をつけようとしたり、抜き身の日本刀を布団の下に敷いて寝るような男で、早々に若き日の母は実家に逃げ帰った。

あちらが悪い、こちらには落ち度はないといっても、母の出戻りは間違いなく、なかなか次の良縁には恵まれなかった。

　母も別嬪の誉れ高かったから、前のより上の縁組をと望み、片っ端から断り続けているうちに、あちらから断られる側になっていった。

　どうにかまとまった、ここらでまとめるしかなかったのが、地元の名士ではあるが辺鄙《へんぴ》な村の、一回り以上も歳の離れた相手だったというわけだ。

出戻りの引け目から母は萎縮《いしゅく》し遠慮するのではなく、弱い犬ほど、の喩《たと》え通りに物

言いのきつい、権高な態度に出るようになった。父が、若く美しい後妻にひたすら甘かったこともある。だから親戚も村人も、気位の高い姫さんと見てはくれた。道世だけが、母の体ではなく心の弱さを見つめていた。だから、母は道世が苦手だった。

「ほんまにこの子は、口ばっかし達者で。可愛げのないのは顔もじゃ」

大正時代に入り、新しい女というのが流行《はや》った辺りから、母はもう口で道世にいい負かされるようになっていた。父譲りの静かな口調で、道理の通ったことを語り、感情的な相手をやりこめていく。だから茂世も、妹と口喧嘩《くちげんか》をしようとはしなかった。

そして母は、道世の容姿を蔑《さげす》むしかなかった。自分に、容姿の美しさしか取り柄がないのもわかってはいた。だから、道世が自分に似ず父親に似た容姿なのも攻撃した。

「道世は男顔じゃろ。体つきも、なんかごつごつとしとるしな。茂世は西洋人形のようで、嫋《しな》やかな体つきじゃ。男はみんな、茂世を好きになる」

道世は決して醜い容姿ではなく、むしろ整った顔立ちですらりとしている。父は、

「茂世は東京の名高い芸者にも引けを取らんし、道世は絵草紙の少年剣士じゃ」

などと公平に誉《ほ》めてくれる。しかしあまりにも怜悧《れいり》で大人びていたから、道世を見れば真っ先に賢そう、というのが来る。顔立ちは、その陰に隠れてしまうのだ。逆に茂世は幼稚で浅薄であるが故に、真っ先に別嬪《べっぴん》じゃと見た目を誉められた。西

洋人が混じっているかと疑われるほどの、彫りの深い顔立ちだ。茂世もまた、自分は別嬪なのだから特別だと思い上がっていた。

　その思い上がりも許されるどころか、それが茂世のそれこそ外見を上回る華にもなっていた。母と違って他人に居丈高にならず、甘ったれた口調で馴《な》れ馴れしく近づき、誰にでも親し気な素振りを見せるからだ。

　可愛い、ホンソホンソと撫《な》でてほしいからやっていることだが、他人からすれば別嬪に好意を寄せられているように感じられ、ホンソホンソと唱えてしまう。

「茂世はうちに似て格別の別嬪じゃけ、藤野の家の姫様じゃ。道世は侍女じゃな」

茂世は学校の勉強は苦手なのに、要領よく大人の間を立ち回り、顔色を窺《うかが》って媚《こ》びるのはうまい。だが父は今ひとつ、そんな茂世が苦手でもあるようだった。

「茂世は道世と違うて、とうてい一人じゃあ生きていけんからな。うんと年上の金持ちにでも、貰《もろ》うてもらわにゃならん」

　茂世はどうにか高等小学校だけ出て、手習いも勤めも家の手伝いも何もせず、ただ着飾って遊んでいる。寝込まないだけで、母と同じだ。ただ食べて遊んでホンソホンソと可愛がられている二人は犬猫、もしくは貴族だ。

「女に勉学は要らん。むしろ邪魔じゃ。うちはこねぇに別嬪じゃけ、どこにでも嫁に行ける。どこに行っても、きれいきれいホンソホンソと可愛がられる」

母親を見て、そう甘い考えを持ったか。母親を見て、ああなるまいと戒めることにはならないのか。茂世にそんなことを聞いても無駄だから、道世は黙っている。

道世は高等小学校の後は岡山市の女学校に進み、父と同じく教師になるのを嘱望されていたが、卒業が近づいてきてから初めて父に強く逆らった。

「うちは、岡山の学校の先生にはなりとうない訳ではないんよ。早《はよ》う嫁に行くんは、気が進まんけどな。もっと、岡山ではできん勉強をしたいんじゃ」

いつからか道世は、作家になりたいという夢を持っていた。国語教育に最も熱を入れ、自分でも習作をしていたという父の影響だったはずで、だから東京の女学校に進みたいと頭を下げた。本格的に、文学を学びたいんじゃと。

無謀な夢ではない。道世は尋常小学校の頃から常に首席で、男なら六高から帝大じゃと、どの教師にもいわれていたのだ。

ただ、作家になりたい、というのは黙っていた。さらなる反対と、父の怒りを招きそうだった。何を夢みてぇなことを、と。作家は男女問わず、放蕩《ほうとう》者という悪印象もあった。

「うちは、ここにおる人間ではないで」

思わず、それは口にしてしまったが。なんとなくその物言いは、母のそれにも似ていたのも、道世は自覚できた。

生まれ育ったこの岡山の寒村を嫌いなのではないが、限りある命と暮らしの中で、何か一つは解き放たれた異郷での冒険をしてみたかった。

父が書店に頼んで東京から取り寄せてくれる、様々な煌《きら》びやかな文芸誌。そこに載っている、女流作家達の作品を読み、彼女らの自立した暮らしぶり、華やかな横顔にも憧《あこが》れた。

このような心ときめかせる物語を、いろいろなことを考えさせられ啓示を与えられる作品を自分も書いてみたい、そう熱望した。

彼女らの如く新しい女、覚めたる女になりたいと、胸を焦がした。

さすがに口には出さないが、母のように、姉のようになるのだけは嫌だった。ここにいれば、お屋敷とまではいかなくても村では豪邸に数えられる家屋に住み、正月には晴れ着を新調してもらえ、岡山市で売り出される新しい菓子も化粧品も与えられる。

何より、藤野先生のお嬢様として一目置かれ、それこそいいところに嫁げる。

岡山にいても小説や評論は書けるし、投稿すれば掲載や作家として世に出ることも可能だが、現実にはやはり中央に住んでいる方があらゆる面で有利なのも間違いない。

さらに本音をいえば、これまた岡山の寒村にはいないハイカラな女達、彼女らの仲間に入れたら、取り巻いてくれるはずの都会の男達にも会ってみたい。

そして物語のような劇的な色恋も経験してみたい、恋に恋する気持ちもあった。

それは作家になりたいという以上に、父にも誰にもいえないことだった。

さすがに父も眉根《まゆね》を寄せ、口をへの字に結んで腕組みをした。

「お前を信用せん訳ではないが、娘を一人で東京に出すのは正直、きょうてえ。怖いで。お前がしっかりしとっても、悪いもんは近づいてくるでな」

「それは……哲《てつ》を喰《く》い殺したようなもんじゃろか」

まさか、哲の名前が口をつくとは。道世は自分でいって戸惑い、背筋を固くした。父の前のランプの炎が、人の悶《もだ》えるような形に揺れた。

「いや、そりゃなかろうがな。哲そのものが来そうな、別の恐ろしさもあるでな」

父もごく当たり前に、哲のことをいった。表情も変えずに。

※

「東京の女学校に行きてえんじゃ」

道世の直向《ひたむ》きな面持ちの願いに対し、父は徐々に反対から賛成の方に傾いていった。

「うちは、ほんまに勉強が好きじゃから。花の都で、学んでみたいのもあるし」

これも、嘘ではない。いや、すべて真実だ。道世をホンソホンソと可愛がる父としては、娘の夢は叶《かな》えてやりたい。その望みも、実に真っ直ぐで美しいものなのだ。

「いずれ岡山で教師になるとしても、お父ちゃんみてえな偉い校長先生にまで登り詰めたいし、もっと夢のようなことをいうたら、自分が新しい女、覚めたる女のための学校を岡山に創立してみたいんじゃ」

　これも、嘘は一つも混ざっていない。ただ、媚びやお世辞ではないが、親としても教師としても父をおだて、いい気持ちにさせようという計算は混ざっている。

　作家になりたい。都会の男と色恋をしてみたい。真の望みを、いわないだけだ。嘘をつくのと、本当のことを黙っているのは違う。

　嘘はついていない。それが道世の目と言葉に、自信と自負を漲《みなぎ》らせていた。そうしてついに、父は道世がとりあえず東京の女学校を受験するのを許してくれた。となればもう、許してくれたも同然だ。そして、父方の祖母は賛成するしかなくなる。

「女ばかしの、寄宿舎もあるんよのぅ。舎監も女じゃろうな。さすがに門番は男か」

　孫娘を一人で東京に出すことは、母方の祖父母もいい顔はしなかったが、他家に嫁がせた娘の子に対し、そこまで強くも出られない。

　嫁がせた娘が寝たり起きたりで何もせず、不出来な嫁としていろいろと陰口を叩《たた》かれているのも知っているから、猶更《なおさら》のことだ。

　予想通りとも、意外なほどにともいえるほど、強く反対したのは母だった。

「子どものうちは親に従い、嫁いだら夫に従い、老いては子に従う。それが女というものじゃ。どれにも逆らうというんか」

己を棚に上げて、母は柳眉《りゅうび》を逆立てたが。

「なんぞ、良からぬ下心があるじゃろ」

母として、娘を見透かしてもいた。いや、父を間にした女対女の様相も呈していたから、女として女を見抜いていたのもある。

茂世も母に同調するかと思ったが、もともと茂世は自分にしか関心がなく自分のことしか頭にないので、妹の行く末などどうでもよく、軽口をたたくだけだった。

「女博士になるんか。女大臣になるんか」

むしろずば抜けて頭がいい、男ならそれこそ末は博士か大臣か、と評判の妹がいなくなれば、とことん自分が藤野の姫様として耳目を集められ、振る舞えると、妹が出ていくのを望んでいるようでもあった。

「親不孝者が。今にも死にそうな親を捨てて、自分だけ楽しいことをしに行くんか」

いずれにしても母の癇癪《かんしゃく》を起こすほどの大反対ぶりが、ますます行きたい気持ちを強くさせた。母をいたぶるのが心地よいとすら感じ、さすがに道世も涙ぐんだが。

「お母ちゃんに恥ずかしい思いは、させん」

母は自分は閉じこもっているのに、娘が羽ばたくのはとことん嫉妬《しっと》した。嫉妬を隠さなかった。これも小説に書きたいなどと、泣き落としにも出る母を冷ややかに見ていた。

「道世は可愛うないけぇ、嫁にもらわれるんは諦《あきら》めたんじゃろ」

母が病弱の設定を忘れて地団太を踏んで怒ると、茂世も加勢に出てきた。といっても着飾ることしか考えず、別嬪《べっぴん》といわれることしか欲しない茂世は、手鏡を見つめながら妹にではなく、自分だけに微笑む。

「きょうてぇ、怖いな、東京は。道世も哲のようになってしまうで」

哲。それは身内ではない。しかし、すべての村人にとって身内のようなものだ。村の墓地に朽ちかけた墓もあり、実在したのは確かだが、ほぼ伝承の人ともなっている。

生きていれば、いや、死んでいるのは間違いないが、父と同い年だった。

……まだどこか、幕末を引きずっていた明治の時代。灯火《ともしび》より、狐火が明るかった時代。

父が子どもの頃は、いつも近所の子ども達と泥んこになって遊び回っていたが、陽が落ちる頃にはそれぞれまだ遊び足りない気持ちを抱え、家路についていた。

夕飯時、同い年の哲の親が、うちの子を知らんかと青ざめて訪ねて来た。

「一緒には遊んだけえど、その後は知らん」

と、幼き父はおどおどしながらいうしかなかった。

親と近所の者がさんざん捜し回っても哲は見つからず、翌日は夜が明けると村中が総出で捜し回った。そのうち、誰かがいい出した。

「よもや、あそこじゃないんか」

村外れに、江戸《えど》より前の時代から、魔物が住むといわれている洞窟《どうくつ》があった。誰もその姿を見た者はいないが、かなりの年寄り連が、

「わしの曾祖父母《そうそふぼ》も、魔物の話をしとった」

などという。ついに、そこじゃ、となった。聞いた父は怖気《おじけ》づき、その場にへたりこんで小便を漏らしたという。魔物の声が、確かに耳元をかすめたのだと。

皆は恐れたが、剛の者が三人ほど志願した。いずれも腕自慢、喧嘩《けんか》自慢の者達だ。

彼らが繋《つな》がって洞窟に入っていけば、一筋の月光も続かぬ地獄のような真っ暗闇の中に、何やら光る眼をしたものがいた。その眼だけで、尋常でない凶悪さが知れた。

三人が一斉にそいつを追い込み、鎌や鋤《すき》や鉈《なた》で打ち据えた。確かな重い手応《てごた》えがあった。

恐ろしい獣の咆哮《ほうこう》も上がり、その声は瀬戸内海を越えて讃岐《さぬき》にまで届いたという。

魔物を退治したと洞窟の外に呼びかけ、わっと村人が松明《たいまつ》を持って入ってきた。皆で奥に進めば、激しい異臭の中に夥《おびただ》しい骨が散らばっていた。狐狸《こり》や猪、山犬のそれに交じり、明らかな人骨もあった。

古い人骨は、お遍路や出稼ぎに出たまま未《いま》だ帰らぬとか、不意に夜逃げをした、駆け落ちをした、神隠しに遭ったとされていた者達ではないか、となった。

そして、なぜかびしょ濡れになった哲の着物だけが見つかった。

洞窟は湿っぽくはあるが、水が湧いたり流れたりしている所はないのにだ。哲の遺《い》骸《がい》らしきものはなく、魔物もいない。

仕方なく、村人はその濡れた着物だけを親に渡した。着物には、血などはついていなかったが。哲の親の慟哭《どうこく》も、遥《はる》か遠くまで聞こえた。岡山では、可愛いと可哀想はほぼ同じだ。可哀想な子を、可愛い可愛いといって泣く。

哲の小さな墓には、その着物を葬るしかなかった。

それにしても、哲は小さいから丸呑《まるの》みされたというのもありだが、魔物はどこに消えたのか。これも村中が総出で捜したが、魔物はついに見つからなかった。

出入り口は村人が固まっていた一か所しかなく、逃げ去る姿は誰も見ていない。かなりの深手を負ったはずだが、血の跡などもなかった。

魔物に切りかかり深手を負わせた村人も、あまりにも闇が深くて姿は見えなかったという。ただ、その中でも特に豪胆といわれた男が、こういったそうだ。

「あり得んが、女じゃった気もする。見たんじゃないのに、緑色の髪をして、薄青いような着物じゃなしに異国の洋装の、ぼっけぇきれいな女じゃったような」

毛むくじゃらの恐ろしい化け物、巨大な赤鬼そのもの、蛇と虎と猛禽《もうきん》が混ざったような異形の妖怪《ようかい》、といった様相より、むしろ不気味なのだった。

その後、洞窟は埋めてしまった。ここにあったという痕跡《こんせき》は止《とど》めているものの、雑草と雑木に深く覆われ尽くし、もはや入っていくことは敵《かな》わない。

哲は今も、戻って来ない。魔物の腹に入ったまま、どこかを彷徨《さまよ》っているのか。あるいはどこかに、潜んでいるのか。

ものすごく怖いのに、道世はその話が好きでたまらなかった。父が話し出すと、茂世は聞きたくもないと耳をふさいだが、幼い頃の道世はしょっちゅう父に、哲の話をしてとせがんでいた。まったく飽きず、同じところで戦慄《せんりつ》し、同じところで泣いた。

実際に目の当たりにしたのではないから、もはやお伽噺《とぎばなし》の一つ、桃太郎《ももたろう》と同じようなものだった。いつしか道世の中では、自分もその場にいたような記憶ができ上がっていた。

本で見たか、これも父に聞かされた南洋の暑い国の話に自分で映像を付け足していったか、岡山の村外れではない熱帯の密林が、記憶にある。

魔物に、自分が狙われている。それは怖気《おぞけ》を震うものでありつつ、どこか甘美で官能的な想像だった。いつしか魔物も、道世の中で姿形を取っていった。

今は哲が、魔物になっているのではないか。哲は、色白の女の子みたいな可愛い顔で、歳よりも小柄だったという。

「哲は緑の髪を振り乱し、薄青い洋装を天の羽衣のようにひらひら揺らせ、誰彼構わず白い牙で噛《か》みつく。振り向くとやけに唇が赤く、肩越しの笑みは艶《なま》めかしい」

余分に買ってもらった帳面に、こっそりと魔物の絵や魔物の台詞《せりふ》を書きつける。そのとき道世は明らかに、まだ幼くも強い性欲を覚えていた。

「しかし哲が求めているのは、血や肉ではない。称賛だ。憧憬《どうけい》だ。誰かに強く愛されたい。皆に狂おしく求められたい」

ただ父に、その話は村で禁忌の一つともなっとるから、外では話すなといわれていた。

「あんまり話題にしたら、哲がうちに来るで」

※

日本未曾有《みぞう》の天災、関東《かんとう》大震災の日、道世は女学校の校舎にいた。

天地がひっくり返ったとしかいいようのない、揺れと揺さぶり。その後の、永劫《えいごう》続くかと絶望しながらも、必死に逃げ惑った火災。地獄が降りてきたか湧いてきたか、燃え続ける瓦《が》礫《れき》とその間に転がる、黒焦げの死体。

校舎も燃え寮も燃え、道世はどうにか鎮火して生きた人と死んだ人の区別がつくようになるまで、どこで何をしていたかほとんど記憶がない。いや、本当は生々しく刻まれているのだが、そういうことにしておきたかった。

女学校に学びながら、文芸同人誌の集まりにも参加し、そこでまさに岡山の寒村で夢見た文学青年達との色恋や鞘当《さやあ》ても繰り広げられた。

さほど好いてはいないどころか、忌避していた薄汚れた年配の男にもつきまとわれ、しかし震災のときはその男の家に世話になっていた。好きな男は行方が知れず、気になる男はことごとく生死すらわからなかった。

しかし道世は、何もかも置いて故郷の岡山に戻ることはしなかった。道世の身を案じている親の胸の内は痛いほど伝わってきたが、それよりも恋人だった好きな男、いつか恋仲になりたいと惚《ほ》れた男達に再会したい気持ちが勝った。

何かの会合でちらりと遠目に見ただけで、激しい想いを抱いた当代きっての流行作家の古賀《こが》根《ね》安和《やすかず》。なんとしてでも彼に会って文学の話をしてみたい、彼に作家としても女としても認められたい。その気持ちが何よりも、道世をこの世の地獄にすら留め置いた。

だから、惚れてもいない尊敬もできない田野《たの》を利用するしかなかった。田野は大きな酒屋の息子で、文学の才能はないが熱意と資金、何より道世への執着があった。

ただ年配で金があるというだけで、兄貴分として扱われてはいた。下の名前では呼ばれず、半ば揶揄《やゆ》も込めて田野先生と呼ばれていた。書くものは高等小学校のちょっとできる子の作文くらいで、商業誌に取り上げられることは皆無だし、信楽《しがらき》焼の狸みたいな見た目だ。

それで粘着質というのか、女には露骨にすり寄り、才能ある若手の男は苛《いじ》める、金は出すが恩着せがましい、といった小物の悪役で、女達からはあからさまに嫌がられていた。

しかし田舎の素封家に育った道世は、年配の男には媚《こ》びるのではなく敬意を払うよう躾《しつ》けられ、身についていた。だから田野は、特に道世を気に入っていた。岡山の出だというだけで、田舎の優等生は純朴で従順だから嫁に最適と決めつけていた。

さすがに震災の炎は届かない岡山の親は、地元の新聞や命からがら逃げてきた人々の口から、生々しく地獄絵図を語り聞かされた。

もう道世はこの世にいないものと諦《あきら》め、東京に出したときからこのような定めだったかと、遺骨のない墓の準備までしていたというが。

特別に無料で電報を打ってもらえることとなり、田野の原稿用紙に、

「ミチヨ　ブジ　イキテイル」

と書いたそれは、東京震災地電報と赤い字が押され、道世の親元に届いた。父は雄《お》叫《たけ》びを上げ、母は失神し、茂世もさすがに泣いたという。

それからしばらく、成り行きでもはや田野の奥さんとして過ごすしかなかった。かろうじて焼け残った二階家の二階に蟄居《ちっきょ》し、自分はもうすでに一度死んだ者として身を任せた。

湯だけの水団《すいとん》とて、ありがたい。畳に寝られるだけ、僥倖《ぎょうこう》だ。

だが半年ほどして女学校の仮校舎と仮の寮ができたと知るや、身一つで田野の下駄《げた》をはいて飛び出した。まだ生々しい焼け跡を、死に物狂いで駆け抜けた。

親に手紙を出し、列車に乗ってやってきた父と寮で涙の再会をした。父は白髪が増えていた。母は本当に寝付いてしまい、茂世からは、

「絶対に、死ぬ訳ないと思うとったわ」

と、この際これは憎まれ口ではなく心底からの安堵《あんど》だと受け取るしかない伝言をもらった。父には一緒に岡山に戻ろうと強く勧められたが、卒業だけはしたいとすがった。

「うちは強運なんよ。岡山に戻ったら、その運を使い果たす気がする」

翌年まではときおり強い余震もあり、やっぱり岡山に帰るべきかと後悔もしたが、ここで何かの結果を出さなければと踏みとどまった。

火災で手荷物は失ったが、作家への夢は燃え尽きておらず、何よりもまだ自分は真の恋をしていないという焦燥と希望があった。古賀根安和にも会えていないし、愛されてもいない。田野は、数の内に入らない。

そうして十万を超える死者が葬られ、茹《ゆだ》っていた川の流れが冷ややかになり、いつまでも燻《くすぶ》っていた焼け跡がどうにか元の土の色を取り戻した頃、道世は卒業を迎えた。田野がたびたび、まるで家出した女房を捜すようにやってきたが、つきまとっているだけの無関係な男だと教師にも舎監にも朋輩《ほうばい》にも眉《まゆ》を顰《ひそ》めて伝え、道世は岡山に帰ったままということにしてもらった。

そうこうするうちに、田野はすっかり姿を見せなくなった。ぼつぼつ文芸仲間とも再会できたが、誰も田野の行方を知らなかった。というより、関心もなかった。

「東京駅で田野先生を見かけた人がいるけど、親戚《しんせき》に米でも貰《もら》いに行ったかな」

震災から一年が経ち、完全にではないがどうにか人々は日常を取り戻したかのように見えたが。大いに人心も世間も、別世界に転換したかのようになっていた。それは明らかに見えるものも、見えざるものもあった。

「古賀根安和は、生きとるらしいで。古賀根先生は、どこかに居るんじゃな」

文学仲間に聞き、絶望の彩りも極彩色となった。道世はまだ残る瓦礫の中を、そぞろ歩く。地獄は遥《はる》か地の底にではなく、この地上にあった。

見慣れた町や景色が一瞬で崩壊、瓦解《がかい》し、戦場でもないのにあれほど惨《むご》たらしい死体の山を見せつけられ、目の前で家族の脳漿《のうしょう》が噴き上がったのだ。親しい隣人が死体から着物をはいだり、町内の普通の人達がまさに火事場泥棒をしたりするのを見せつけられ、流言飛語の中できりきり舞いをさせられ、菜っ葉ばかりの雑炊を啜《すす》れば、厭世《えんせい》的にも貪欲《どんよく》にもなる。

「せっかく、生かしてもらえたんじゃけ。腐るまでは、生きておこうや」

ともあれ、一年だ。商業誌に載せてもらうことはまだできないでいるが、所属している文芸誌では期待の女流の一人といわれ、高名な先生方に好評を博すものも書けた。

――すっかり東京の女学生然として束髪に結い、暗い緑色の袴姿《はかますがた》の道世は、久しぶりに岡山行きの列車に乗った。歩廊を駆ける弁当売りも、法被ではなく洋装になっていた。


勉学も創作も励んだが、もっと心を占めていることがあった。憧《あこが》れの人から自分の男になった、古賀根安和だ。父にだけは、それを伝えたかった。

「お父ちゃんに会うためだけに、帰ってきたんですらぁ。すぐ、東京に戻りますで」

「道世が生きとるだけでええですと、あの地震から御先祖に祈るようになったでな」

すっかり頭の白くなった父は、ひどく涙もろくなっていた。


岡山を離れていた間に祖母は亡くなり、母は本格的に寝込んでしまっていた。そして茂世は良くない男友達ができているようで、あまり家に寄りつかなくなったという。そのときも、不在だった。妙に残暑が長引く中、蟬が廊下で何匹も息絶えていた。

祖母の墓参りをした後、少し散歩をしようと誘われ、なぜか哲が魔物に襲われた洞《どう》窟《くつ》の跡に立ち寄った。並び立つ隣の父がふと、小さな男の子に見えた。いや、父ではなく哲だったのかもしれない。

「なんぞ、いいたいことがあるじゃろ」

「はい。うち、好きな男ができたんですらぁ」

緑の女の髪のように、もつれにもつれた雑草、雑木。まるでその向こうに封印された洞窟の魔物に聞いてもらうように、道世は声を張り上げた。

「お父さんも、名前くらいは知っとろう。古賀根安和さんです」

塞《ふさ》がれたはずの洞窟から、生臭い風が吹きつけてきた。

「おお、あれか。小説は、わりと好きじゃで。じゃけどなぁ」

十歳ほど年上の古賀根安和は、偏屈の放蕩《ほうとう》者としても知られていたが、当時の文壇の寵児《ちょうじ》には違いなかった。女にだらしないが、それをすべて作品に昇華できるとも。

「問題もいろいろあるお人じゃけど、うちはそこにも惚れとるんです」

ようやく文芸誌仲間に連れられて訪問したところ、作家志望としての道世ではなく、凜々《りり》しい少年剣士のような、と父と同じ言葉で誉《ほ》められる道世の容姿に惚れたらしかった。

作品を見てもらうという名目で、次に一人きりで訪ねたとき、そのような関係を持ってしまった。安和は震災のときに仕方なく身を任せた田野と違い、好ましい体臭と香《かぐわ》しい愛の囁《ささや》きをくれた。

安和は肉欲の下心を隠さなかったが、むしろ道世の方が文壇に引き上げてほしい下心を隠し、作品を見てほしいだけだとひたむきさを演じていた。

「うちはいずれこの人と一緒になって、そういう小説を書きとう思いますらぁ」

とりあえず帰ろうや、と父は踵《きびす》を返す。なぜか道世は、父にではなく洞窟に向かい、無駄な言い訳を付け加える。

「哲の物語も、書きたいんじゃけど」

※

蜜《みつ》色の密林。道世はそんな題名の小説を書こうとも考えるようになったが、いっこうに原稿用紙にペンを走らせることができないままだ。

開けっぱなしの窓から入り込む、容赦ない熱風、そして異教徒の祈りの声。色濃い影を引きずる物売り達、路上の陽炎《かげろう》がここ三階にまで届く。

「ああ、嫌じゃ」

暑い、とはもう口にしなくなった。生まれ育った岡山の南部は温暖な気候といわれていたが、そういわれればそうなのだろうと、ここに来て身に染みた。

故郷も夏は当たり前のように暑かったが、灼熱《しゃくねつ》といえるほどのものは味わったことはなかったのだ。晒《さら》し暖簾《のれん》の氷店、水田を吹き渡る青いような風、縁側で父と飲んだラムネ、糊付《のりづ》けした浴衣《ゆかた》、故郷の夏は優しかった。

しかしここ、獅子《しし》の町ともいわれる新嘉坡《シンガポール》に渡ってきてからは、逃れることのできない炎暑の中に囚《とら》われた。これまで味わったことのない、責め苦のような猛暑。熱に重みがあり、湿度には悪意すらある。

もっと道世を囚えて放さないのは、夫となった安和だ。

「このまま、地の果てまで流れていこう」

それは求愛なのか、脅迫なのか、地獄の閻魔《えんま》様の断罪と刑罰を読み上げる鬼の小役人の宣言か。求愛と取ったときがあったから、道世は今ここにいる。

今の道世は、すでに灼熱地獄に落とされた亡者だ。それこそ、愛の蜘蛛《くも》の糸が天から垂らされてくるのを待つしかない。摑《つか》んだ途端に千切れる、細い糸でも。何かを待たなければ、やりきれない。

何かから逃げなければ、更なる奈落《ならく》に落ちる。そこに哲の骨は、散らばっているか。

「地の果てと思うた所を這《は》い出てみれば、故郷の魔物の洞窟の中じゃったりしてな」

三階の角部屋。すべてが夫婦共用の、鉄製の寝台と机と椅子。簞笥《たんす》の中ではもう、日本から持ってきた着物は腐っているのではないか。湯飲みの模様だけが、強く異国を美しいものと強要してくる。牡丹《ぼたん》に鳳凰《ほうおう》。貧しい部屋の、ここだけの豪奢《ごうしゃ》さ。

幼き頃より才女の誉れ高く、東京の名門女学校を出て岡山に戻って父のような教師になる道も絶たれ、では女流作家として華々しく文壇に咲くというのも途中までの種まきはされたが、結局は芽が出なかった。

というより、夫となった安和に芽を摘まれた。道世は今、古賀根夫人でしかない。古賀根夫人でいなければ、ここにいる意味もない。

「妻としての花を、咲かせてほしい」

はるばると神戸から船に乗って、上海《シャンハイ》や香港《ホンコン》を経由して、この南洋の島に来たのは、表向きは夫の安和が新作に打ち込むためだ。

新嘉坡を含む馬来半島は、日本人が経営する護謨《ゴム》園が盛況で、そのため日本旅館や食堂、商店も次々と開店し、日本人向けの新聞もいくつかあった。

だから実質は何もできない無為徒食の安和でも、渡りさえすれば物好きな旦那《だんな》や世話好きな金持ち、寂しがりの女主人らが世話をしてくれ、寄宿させてくれることとなった。たまに新聞に、随筆など書けばいいのだ。

行き詰った環境を変え、複雑になった煩わしい人間関係を整理し、遥かな異郷でありつつ日本人も少なからずいる南の楽園を探訪し、新境地を拓《ひら》く。

「希望は口だけ。口だけは、無料」

古賀根安和といえば、今も名の知れた作家ではある。かつて大手新聞に連載をいくつも持ち、かなり売れた本もあり、羽振りの良かった時期も、大いにあった。すべてに情熱的な時期も。

飄々《ひょうひょう》とした空気をまとい、美男とまではいかないが人好きのする愛嬌《あいきょう》が顔立ちにも気性にもあり、女には不自由していなかった。それは、過ぎ去った大正時代のことばかり。

道世はその頃、出会ったのだから。安和がまさに南洋の太陽の如く、本当にこれは夜ちゃんと沈むのかと疑わしいほど、猛々《たけだけ》しく燃え盛っているときに。

ここ数年は、夫は何も書いていない。というより、書けなくなった。それを悪妻のせいだと決めつける人は、少なくなかった。

夫が書けなくなったのは、才能の枯渇でしかない。そう道世は思っているが、口には出せない。夫も、妻のせいにした。それが楽だから。穏当だから。そんな馬鹿なとは、誰にもいえない。文壇仲間ですら、道世を非難する。

道世は汚名返上だか名誉挽回《ばんかい》だか、そんな夫の世話をするために、遥々《はるばる》と南洋の島までついてきた。道世もかつて作家を目指したことはあったが、今は夫の助手と世話に徹している。と、なっている。

「なんちゅうことじゃ。うちが、悪妻じゃと。お母ちゃんと同じになってしもうた」

独り言は、故郷の訛《なま》りだ。謹厳実直、穏やかな知識人として立派な教育者として村人から尊敬されていた父の、若く美しい後妻となった道世の母。病弱を装って何もせず、遊び暮らしていた。我儘《わがまま》と生意気さが、魅力として加算された時期もあった。

　ああは、なるまい。そう思って、勉学に打ち込んだのに。あんなふうになるのは嫌じゃ。そう横目で見ながら、小説を書いていたのに。

　まさか、母とは真逆に生きようとして、母の跡目を継ぐとは。

　あらゆる意味で母の生き写しだった、姉の茂世。三十路《みそじ》になった今も、独り身だ。大正十五年の暮れも近づいた頃に昭和時代は始まり、わずか七日間だけの昭和元年があった。

　母はその昭和元年の七日間のうちに急激に具合を悪くし、棒杭《ぼうぐい》のように倒れ、意識が戻らないまま息絶え、ひっそり葬儀と埋葬を終えた。

　茂世は意外にもしっかりと、喪主の父を助けていたというが。その後は母が取り憑《つ》いたかのように、母の部屋を自分の部屋とし、寝込みはしないが何もしない女主人として家の中をひらひらしているという。

　父はすっかり隠居となり、使用人に身の回りを任せてぼんやりしているそうだ。ときおり茂世を母と間違え、老人性の病が進んでいるとも使用人に聞かされた。

「道世はまだ、小学校から帰って来ん。あの洞窟《どうくつ》にでも、遊びに行ったら困る。川に流されたら、もっと困るで」

などといい出し、ちょっとした騒ぎにもなったと後から教えられたこともある。

ともあれ母が死んだときの道世は東京で、夫とともにいた。ということになっているが、実は家出をしていた。これまた身一つで、飛び出していた。

夫とも実家とも連絡がつかず、すべてを知ったのは母が土の下に納められてからだった。だから、未《いま》だに母が死んだ実感が無い。

昭和になって、夫婦はおかしくなった。いや、どちらも正気に戻った、やっと目が覚めたというべきか。大正時代には、覚めたる女、そんな流行《はやり》言葉もあったか。

「道世は、覚めすぎた女じゃ」

夫にではなく父に、冗談めかしていわれた。新しすぎる女じゃろか。とはいい返せなかった。夫ではなく、父を無事に看取《みと》るまでは死ねない。

短い間だったが、道世は夫がいながら別の男と恋仲になった。文芸誌の仲間で、東京のちょっとした地主の坊ちゃんだった。

巴里《パリ》に絵画の勉強をしに留学をしたこともあり、小説も興味があると入り込んできたが、坊主頭の体格のいい厳《いか》つい見た目だ。目はしかし、貪婪《どんらん》な肉食ではなかった。

だから彼が妙に優しいことや浪漫《ロマン》なことをいうと笑いさえ起こり、可愛らしいとさえ女達の頬を緩ませた。それでいて、坊ちゃんであるという裏打ち、保証がある。

薄汚れた格好をするのも、強面《こわもて》に見せかけるのも、わざとやっているのか、演出として気を遣っているのか、それともただ野放図なだけなのか、測りかねた。

何にしても、私にだけ彼は真の姿を見せ、私だけは彼の真の姿を理解できる、と女に思わせれば、もはや男の勝ちとまでは行かなくても、かなり有利にはなるであろう。

この大彦《まさひこ》とは、夫と別れて駆け落ちしてでも一緒になりたいと、いっとき道世の女の花は狂い咲いた。生きるの死ぬの、殺すだの殺せだの、新劇の舞台のような愁嘆場も演じ、自分でも自分を抑えられなかった。

「一番、わからんのは自分じゃわ。自分の後ろ姿は、見えんもんじゃし」

だが一夜に咲いた花は、すぐに萎《しぼ》んだ。道世が勝手に美化し、理想化していただけだと、後で夫にも静かに諭された。それは、なかなかな屈辱だった。

とはいえ、まさに恋に恋する女学生そのままだった。あちらとしてはただの遊びで、だから一年もたず、相手は道世の目の前でぴしゃりと戸を閉めた。

なのに古賀根安和が有名作家だったため、古賀根夫人の不倫、淫蕩《いんとう》な三角関係とやらは新聞沙汰《ざた》になってしまった。

煽情《せんじょう》的な見出しが躍り、あることないこと書きたてられた。道世は妖婦《ようふ》、毒婦呼ばわりもされた。まさか、母が出戻りで姉が行かず後家、とまで書かれるとは。

岡山でも広まり、父も寝込んだと聞かされ、半ば本気で道世も死ぬことを考えた。

「誰が新聞に垂れ込んだ。見つけ出して、締め上げてやる」

などと大彦は息巻いていたが、実は本人だったようだ。遥《はる》かに売れて名のある安和に対する競争心と敗北感から、嫁を寝取ってやるという暗い野心と獣心があっただけだ。新聞記者にだけでなく、カフェーの女給や芸者にも、古賀根夫人との仲を吹聴《ふいちょう》していた。

「あれは可哀想な男だ」

などと、自尊心と自己愛の強い安和は、悠々と高みに立ってすべてを許し、凡百の不貞などどうでもいいという素振りを見せなければ自身を救えないようだった。

もちろん、安和の中では様々な感情が燻《くすぶ》り続けていた。下に見ていた男のしっぺ返しと、甘く見ていた妻の裏切りに。

「いや、僕が甲斐性《かいしょう》なしだからだ。それだけだ」

だが怒り狂うのでも叩《たた》きだすのでもなく、何事もなかったかのように受け流すふりをし、かえって道世を追い詰めた。

大彦はとっとと遁走《とんそう》し、といって絵画の方の集まりにもやっぱりといっていいほどの不義理や不始末をしていたようで、なんと今度は音楽の方面に移っていった。ずっとそうやって、河岸を変え続けるのだろう。

そして唐突に、夫は旅に出ようといい出した。心を解き放ち、楽天的な風に吹かれ、着の身着のまま流れていけるのは南国だと。

安和は旅の間に新作を書き上げるとはしゃぎ、お前も何か紀行文でも詩でも書いてみろ、などという。異文化の中で、違う自分にも会えるさと。

「出来がよければ、自分のを差し置いても出版させる」

これは、結婚前にもさんざんいわれた。あの頃は、作家志望の道世にそれを餌にしていた。夫は男としての自分に今一つ自信がなく、それをいうしかなかったのは卑しくもありいじらしくもある。

道世は夫との結婚によって、筆も折った。再び、その餌がぶらさげられた。

夫と出会っていなくても、作家にはなれていなかった。夫の伝手《つて》で書けたとしても、たいしたことにはなっていない、と周りから一斉にいわれた悔しさは燻る。

「むしろ売れっ子作家の夫人になれたんじゃけ、よかった」

と、まさかの父にもいわれた。父は田舎では知識人で進歩的で、やっと自分も作家になりたいと打ち明けたら、

「前々からわかっとった、きっとなれるで」

といってくれていたのに。母が死んで、おかしくなった。いや、やっぱり娘のせいか。

夫の旅の意図は、新作そのものではない。新作を書くという世間と出版社への言い訳と、妻との仲を修復することだ。いや、従属させることだ。

「いや、主従ではないよ。僕らは、主《あるじ》と主だ」

大彦とは、身も心も離れてしまっている。だからわざわざ妻を異郷に連れださなくてもいいのだが、安和自身の心を日本から離して落ち着けたいのだ。

「僕も、自分の弱さと向き合うさ。言葉の通じない人々に、慰めてもらおう」

うんざりする旅ではあるけれど、道世も何か華々しく文壇に咲ける機会を捉《とら》えられる作品を書けるかもしれない。淡い、甘い期待を持つしかなかった。

「逃げよう、逃げたい。逃げなければ、ホンソホンソ」

乗り込んだ船で酔い、体調を崩し、悪夢にうなされ続けたとき、洞窟の風の音と子どもの声と魔物の囁《ささや》きを聞いた。

母は、いない。どこにも、いない。ホンソと髪を撫《な》でたのは誰。

※

記憶が、行き来する。混ざり合う。極彩色、白黒、薄墨、再び七色。今は明治か大正か、昭和か。自分は岡山の藤野先生の自慢の次女か、東京の女学校の才媛《さいえん》か、悪妻の汚名を着せられた有名作家の妻か。

昭和三年に夫婦で旅立ったのは、間違いない。香港と上海にも立ち寄ったが、ここでは夫婦そろって何の詩も小説も生まれなかった。

とはいえ道世は、美しい香港と刺激的な上海が懐かしい。なぜ、こんな馬来《マレー》の獰猛《どうもう》な熱帯の土地に落ち延びた。あのまま、どちらかの街に逃げればよかった。

自分はもう、父が誉《ほ》めてくれたような少年剣士の容姿ではなくなっていたが、艶《つや》っぽさと脂が加わった婦人だ。

中華の粋な美男や、在住の心ときめかせてくれる優しい日本男が、きっと手を差し伸べてくれたはずだ。長い小説は書けなくても、短くも鮮烈な詩が書けたかもしれない。

南洋の島で豊富なのは、人を殺せる陽光と青々とした芭蕉《ばしょう》の実。苦い珈琲《コーヒー》。ザラメを塗った麺麭《めんぽう》。泥色でも澄んで見える河。

そして、カユ・アピアピ。現地の言葉で、炎の木。確かに美しい。燃えているように見える、日本にない樹木。そのものは、たいして目立つ木ではない。

木が燃えているのではなく、集まってくる蛍の点滅で、燃えているように見えるのだ。

初めて見たとき、哲を思い出した。きっと哲は、このような光に包まれているはずだ。燃える燃える。何もかも。

印度《インド》人街の日本旅館に長逗留《ながとうりゅう》でき、異郷の祈りを聞きながら、熱が下がっても道世は、密林で夫に殺されるのではないかという妄想に囚《とら》われるようになる。どこか、甘美なものだ。哲も死ぬとき、そう感じたのではないか。

「東京者の僕から見れば、道世の故郷って、この南洋の街よりエキゾチックなんだよな。いろんなものが、土の下に埋められているんだろうねえ」

欧羅巴《ヨーロッパ》まで行くのは無理でも、心底から逃避行は上海か香港あたりでよかったし、そちらの方がましだった。それが熱帯の黒死病と毒虫の蛮界で、喘《あえ》いでいる。

「ねぇ安和さん、そこに緑色の髪の女がいなかった」

初めて罹《かか》った、南洋の熱病。岡山だけでなく全国で猛威を振るった虎狼痢《コロリ》は、奇跡のように免れた。なのに、こんな南洋の熱病には容易《たやす》く喰われた。

「道世。熱病は洗礼のようなもので、来たものは皆が罹る」

現地の医者に掛かり、煮沸した果汁を飲み、どうにか生還はした。血が燃え、血管が焦げ、自分が溶けるかと恐れた。夫と二人の逃げ場がない、茹《ゆだ》るような部屋から見えるカユ・アピアピで相殺できるものではなかった。

「安和さんが、うちを殺す計画書を書いとる。小説じゃなかろう、これは」

いやいや、妄想じゃと、冷えた芯《しん》の部分が考えさせる。殺風景な板張りの部屋で、寝台だけがやけに大きい。敷布は清潔だが、虫はたかる。

白い蚊帳《かや》を吊《つ》ったそこで、日がな寝ている。まるで、在りし日の母だ。

夫の机に置いてある紀行文の体を取った原稿を盗み読みしたら、文壇に返り咲きたい野望より、妻殺しの企《たくら》みを感じ取る。そうとしか、読めない。

「いつかあれは、いなくなる。それは恐れではなく期待」

自分がおかしいのかと笑おうとして、できない。

道世は再び、熱病に罹る。これは本物の病ではなく、心の病。治療としての麻薬が、いつしか常用のものとなっていく。阿片《あへん》を咎《とが》める者は、ここにはいない。いつしか、幻の恋人が現れるようになり、彼と楽しむ。

母にいわれたことがない、ホンソホンソ。母の手が、全身を這《は》いまわる。もう一本、手が交じっている。男の手だ。

田野を久しぶりに、思い出す。田野の体臭や声は思い出せても、顔が茫洋《ぼうよう》と蕩《とろ》ける。大彦は出てこない。いや、さっき窓辺に揺れていた影。あれは大彦だったか。青黒くて、死んでしばらく経ったような顔色だった。

田野は死んだか。大彦は生きているか。誰が生きていて、誰が死んでいるか、曖昧《あいまい》になってくる。父は、自分は。緑色の髪をした、薄い青の洋装の美しい女。熱せられた石畳から、湧き上がる。

闇の中に浮かび上がりながら、輪郭が鮮やかな洞窟《どうくつ》の幻。なぜそこから、生々しい川のせせらぎが聞こえる。水の音を聞いても、涼しくはならない。

「魔物が来るんよ。うちを食べに」

「また、薬を少し貰《もら》おうか。道世の好きな、あの煙の出るやつ」

恐ろしい幻覚、幻聴。病気のせいか麻薬のせいか、夫の意図的な作為か。夫は日本人の集まりにしょっちゅう出かけていき、ついに道世は、これも再びといっていいのか、現地の男と浮気もした。

マダム、あなたは美しい。旅館で働いていた、馬来の浅黒い色男。川べりで逢引《あいび》きし、夜中にやっと冷えた煉瓦《れんが》の路上で抱き合った。

言葉も約束もない、ただの恋。快楽だけの色事。ホンソホンソと、彼の頭を撫でてやった。彼も現地の言葉で、たぶん同じことをいい、同じことをしてくれる。

不意に、その現地の男がいなくなった。聞けば、密林に鰐《わに》の子を捕りに行くと分け入っていったまま、帰らないと。

川底には、彼だけでなくたくさんの人骨が積み重なっているという。鰐より怖いのは豹《ひょう》や大蛇でもなく、森の精霊だそうだ。旅館の主人が、真顔で教えてくれた。

そして道世は、とうとう奇怪な小説を書き始める。そのはずだ。様々な亡霊に悩まされる。母の亡霊が、最も恐ろしい。そして、哲。

「うちも、誰かを殺しとる」

蚊帳に止まった家守が、人の声で鳴く。

※

日本旅館の裏手にある、印度人の雑貨店で買った護謨《ゴム》草履をつっかけ、日傘もささずに道世はセラングーン通りを歩いていた。そのはずだ。

気がつけば、あまり覚えのない裏道にいる。熱帯林というほどではないが、椰子《やし》の繁《しげ》る道だ。足元を、毒虫が這っていた。黒光りする、手足だけ赤い虫。よく見かけるが、道世にとってどうしても慣れることができないものの一つだ。

「嫌じゃな。この虫が出たら、藤の花が咲く」

見るたび、禍々《まがまが》しい。故郷の岡山にもいたが、ここまで大きくはない。岡山のは虫だったが、この新嘉坡に蠢《うごめ》く奴らは物の怪《け》だ。そしてこの土地に、故郷にあるような可憐《かれん》な藤は咲かない。虹《にじ》ですら、猛々《たけだけ》しいこの土地。

道世はしかし、毒虫を見送る。踏みはしない。踏む方が怖い。

部屋の中にも入り込んでくるが、まだ刺されたことがないのは一つの奇跡だ。マラリアには、着いた早々に罹った。あれは本当に、ここで死ぬかと覚悟した。死の直前まで行った、そう信じている。

幼い頃、虎狼痢に罹らなかったのを、母が自分の手柄のようにいっていた。何もしなかった母。美しいだけだった母。母は新嘉坡の毒虫の化身となったか。茂世はまだ、岡山の毒虫として陰鬱《いんうつ》な暗がりにいるだろう。

「お姉ちゃん、色白自慢もええけど、たまに陽に当たり。うちは南洋の女と変わりない、ええ色になったで。思いがけん色が、似合《にお》うようになったで」

　病弱を装っていた怠け者の母は、罰が当たったのではなく念願叶《かな》ったかのように、あっけなく若死にした。あの座敷には、その血を継ぐ美しい毒虫が巣くっている。美貌《びぼう》に自信を持ちすぎたため、年増《としま》になっても出し渋りの出し惜しみをしているうちに、すっかり婚期を逸したことを、今は父の所為《せい》にしている。父が手放そうとしないからじゃと。

　そうして茂世は着飾って、やや若返った母として父の金を食い潰《つぶ》している。

「うちは可愛いもん。可愛いんじゃけ、なんでも許される。人を殺しても」

　さっきの毒虫。家の中なら害になるから殺しただろうが、彼らの領域にいるのだから殺せない。無益な殺生は、できなくなった。

　家の中にいるからこそ、殺さなければならないものもある。毒虫は家族ではない。家の中にいるのに家族ではなく、害をなすものが怖い。

　外にいる悪党、物語の悪者、活動映画の殺人鬼は、おもしろいものでもある。自分に害をなさなければ、道世には生かしておいていいものだ。

ところで田野は、大彦は、どこに飛んでいった。指先でも、足でも潰した覚えがない。

ないないない。本当に。いや、違うか。飛び散った血は覚えているような。

何も考えられなくなる、あらゆるものがどうでもよくなる、すべてを忘れ去ってしまう。

それが、熱帯の空気と風。となれば、何かの特効薬。

護謨草履を引きずって、当て所なく歩く。いや、創作のために見聞を広げているのだと、そんな言い訳もある。何か飲みたい。南洋の果実の汁。生き血のような。印度の寺院、亜剌比亜《アラビア》の寺院にいる男達。決して交わることはない。ふと心惹《こころひ》かれる男を見ても、仏像と変わりない遠い手の届かぬもの。

あの男と自分の間には、何ら共通するものがない。言葉も神も違う。彼の幸福と私の幸福は一致しない。あの男もそうだった。いや、言葉が通じても、信じる神仏が同じでも、とうてい分かり合えぬ者達はいる。たとえば姉、たとえば夫。

「彼らの美味《おい》しいものは私には不味《まず》いもので、その逆もある。となれば彼らと私の同じものは、痛い寒い暑い空腹だ気持ちいいといった、動物的本能に基づくものだけだ。

性の交わりは、どうだろう。愛の囁《ささや》きもなく、手練手管もなく、ただ動物のように交わる。そこには、きっと途方もない快楽はあるはずだ」

見えない原稿用紙に、手の中にないペンで書きつける。陽射しこそが尖《とが》ったペン先のように、道世の柔肌に何かを書きつける。

南国の花は南国の鳥に似ていて、しかし枯れると鳥の死骸《しがい》ではなく枯れた花だ。

道端に、何かの死骸がある。骨格、毛、大きさ、哺乳類《ほにゅうるい》には違いない。見捨てられ気づかれないのではなく、生贄《いけにえ》のようでもあった。

鳥ではなく鳩が、生々しい動物と思われる餌に群がっているのは怖い。鳥なら、ああそうだろうと得心するが。平和の象徴の鳩だから、怖い。その平和もまた、人間の思い込みだ。

何もかも忘れたふりをしているけれど、忘れているわけがない。道世も、安和も。

それでも道世は、気がついたらここにいました、という顔をし続けなければならない。

いや、来たかったから来ました、そして、ここにいたいからいます、という顔をしていなければならない。でなければ、自分も道端で腐って鳩に喰《く》われる。

安和が、夫が、お前が来たがったから連れてきてやった、お前はここで落ち着いて楽しんでいる、という顔をしている限り、自分の肉は喰いちぎられない。異国の鳥にも、岡山の魔物にも、もっと怖い何かにも。

道世は、ひたすら頭の中の原稿用紙に書きつける。インクが脳に滲《にじ》み、脳に滴《したた》る。

気がつけば、さらに密林に迷い込んでいる。

昼間でも、あちこちに暗い箇所がある。あまりにも草木が繁茂している陰だ。光る眼は、豹か。洞窟の魔物か。

川に手を入れ少し頭が冷えたとき、自分が蔦《つた》や草葉をかぶり、まるで髪が緑色になっているかのようなのを知る。

そして着ているのは、新嘉坡に着いてすぐ馬来人の露店で買った、水色の薄手の服。アッパッパと称される、夏の簡衣。汗で、全身に張り付く。艶《なま》めかしいのが癪《しゃく》だ。

自分が見知らぬ、なのに懐かしいようなどこかで見た姿になっている。どこで。唇に指が触れ、陽に透かし、血の色を知る。

※

錆《さ》び切った窓の蝶番《ちょうつがい》がぶら下がり、本物の蝶のように羽を動かす。幻か、錯覚か。南洋の気温と体の熱に浮かされ、家守だけでなく毒虫もたかる蚊帳《かや》の中、道世はうつらうつらと夢を見ている。しかし、夢の中に入り切れない。

道世、道世。呼びかけるのは誰。一人しかいないのに、誰、といつも不安になる。

「道世。岡山のお父さんから、手紙が届いている」

道世と呼びかけるただ一人の人、夫の安和が奇妙に明るい声を上げながら階段を上がってきた。その手に、白い紙はある。目の端に映る。だが、真実それは父からの手紙か。

「悪いけど、先に読ませてもらったよ。元気ではいるようだけど、お年のせいか所々に不明瞭《ふめいりょう》な個所《かしょ》がある。だから、僕が補いながら読んであげよう」

安和は、窓辺に立つ。いつの間にか、日が暮れた。カユ・アピアピが燃えている。さらにその向こうに、馬来の色男が佇《たたず》む気配がある。

「安和様。うちの道世が、あの忌々しい大彦なる間男を殺してしまったのを聞いたとき、本当に娘を殺して自分も、いや、茂世も殺して一家心中しようと悩みました。

しかし貴方《あなた》は、すべてをなかったことにしようと尽力してくださった。さすが当代きっての人気作家であり、各方面に顔の広い貴方は、見事に死体を始末させ、失踪《しっそう》ということに持っていった。

もともと大彦に放浪癖があり、不始末を仕出かしてはほとぼりが冷めるまで行方をくらませていた前歴が多数あったのも、幸いしましたが。それを差し引いても、貴方の手際はお見事の一言でした。

それればかりか貴方は、道世に疑いがかかるのを察し、まさにほとぼりが冷めるまでと、異国に連れ出してくださった。感謝しても、しきれません。

対抗心でもありませんが、そういう私も娘のために別の男を始末しておりますのを告白いたします。田野なる卑しき男は、道世が故郷に逃げ帰って隠れているに違いないと東京から我が家に乗り込んできて、私どもを脅したのです。

それも許せなかったが、無関係である茂世まで、面と向かって行き遅れだの年増だの無学だのと侮辱したのです。生まれて初めて男に罵《ののし》られ、茂世は部屋から出られなくなるほど憔悴《しょうすい》しきりました。今もです。

どちらも、ホンソホンソと可愛がってきた姉妹。娘に会わせると誘い出し、川に突き落としてやりました。川はときに、海よりも怖ろしいのはご存じでしょう。流れが読めず、穏やかに見えるところで凶悪な渦が巻いている。私のようでもありますね。東京から来た男など、文字通り藻屑《もくず》と消えました。そんな男が岡山の村に来たなど、誰も知りますまい。田野の流れていった先には、我が幼馴染《おさななじみ》もいることでしょう。物のついでのように告白してしまいますが、私は幼い頃に他愛ない喧嘩《けんか》をした友を川に突き落としています。神隠しにあった、となって終わりました。

私はこの哲には、罪悪感がつきまとっております。道世に聞いたことはありませんか。村に伝わる、恐ろしい洞窟《どうくつ》の話を。

元になった伝説は本当に我が村に昔からありますが、かなり私が創作も加えております。あの洞窟は江戸時代から出入り口を塞《ふさ》がれていて、哲のことがあって封じたのではありません。

私ももう、お迎えが近いようです。しきりに、妻が見えます。なんだかんだで可愛い妻でした。あれも、ホンソホンソと可愛がりました。

土地家屋、貯蓄を譲るのと引き換えに、甥《おい》っ子に茂世の面倒を見るよう頼みました。茂世はずっとこのまま、うちは別嬪《べっぴん》なんじゃで、という極楽と地獄を行き来し、夢見るように死ぬことでしょう。

道世は、貴方が頼りです。どうかホンソホンソと可愛がってやってください」

頭をもたげるのも大儀で、道世は横たわったまま手紙を朗々と読み上げる夫を目だけで追う。夫の肩越しに、カユ・アピアピの木が燃え盛る。その合間に、馬来の色男がちらちらと揺れる。

「嘘じゃろ。それはお父ちゃんの手紙じゃない」

そんなにうちを、好きじゃったんか。馬来の色男にではなく夫に手を差し伸べ、道世は這《は》うように身を乗り出し、声を振り絞る。

垣間《かいま》見えた手紙に書かれている字は、やはり父のそれではない。

父が今、死んだ。今、頭を撫《な》でているのは父だ。ホンソホンソはあの世からの、父の声。

「安和さんよ。それはようやく書けた、あんたの小説じゃろ」

【参考文献】

『新聞記事と写真で見る　世相おかやま（明治　大正　昭和戦前編）』（山陽新聞社）
『週刊 日録20世紀　1910　明治43年「韓国併合条約」調印！』（講談社）
『岡山の奇人変人』蓬郷巌（岡山文庫）

本書は、角川ホラー文庫のための書き下ろしです。

BUNKO KADOKAWA HORROR

でえれえ、やっちもねえ

岩《いわ》井《い》志《し》麻《ま》子《こ》

角川ホラー文庫　22717

令和３年６月25日　初版発行
令和６年10月25日　４版発行

発行者――山下直久
発　行――株式会社KADOKAWA
〒102-8177　東京都千代田区富士見2-13-3
電話 0570-002-301（ナビダイヤル）
印刷所――株式会社KADOKAWA
製本所――株式会社KADOKAWA
装幀者――田島照久

●お問い合わせ
https://www.kadokawa.co.jp/（「お問い合わせ」へお進みください）
※内容によっては、お答えできない場合があります。
※サポートは日本国内のみとさせていただきます。
※Japanese text only

◆◆◆

ISBN978-4-04-111319-6　C0193

角川文庫発刊に際して

角川源義

　第二次世界大戦の敗北は、軍事力の敗北であった以上に、私たちの若い文化力の敗退であった。私たちの文化が戦争に対して如何に無力であり、単なるあだ花に過ぎなかったかを、私たちは身を以て体験し痛感した。西洋近代文化の摂取にとって、明治以後八十年の歳月は決して短かすぎたとは言えない。にもかかわらず、近代文化の伝統を確立し、自由な批判と柔軟な良識に富む文化層として自らを形成することに私たちは失敗して来た。そしてこれは、各層への文化の普及滲透を任務とする出版人の責任でもあった。

　一九四五年以来、私たちは再び振出しに戻り、第一歩から踏み出すことを余儀なくされた。これは大きな不幸ではあるが、反面、これまでの混沌・未熟・歪曲の中にあった我が国の文化に秩序と確たる基礎を齎らすためには絶好の機会でもある。角川書店は、このような祖国の文化的危機にあたり、微力をも顧みず再建の礎石たるべき抱負と決意とをもって出発したが、ここに創立以来の念願を果すべく角川文庫を発刊する。これまで刊行されたあらゆる全集叢書文庫類の長所と短所とを検討し、古今東西の不朽の典籍を、良心的編集のもとに、廉価に、そして書架にふさわしい美本として、多くのひとびとに提供しようとする。しかし私たちは徒らに百科全書的な知識のジレッタントを作ることを目的とせず、あくまで祖国の文化に秩序と再建への道を示し、この文庫を角川書店の栄ある事業として、今後永久に継続発展せしめ、学芸と教養との殿堂として大成せんことを期したい。多くの読書子の愛情ある忠言と支持とによって、この希望と抱負とを完遂せしめられんことを願う。

一九四九年五月三日